Iris Fritzsche

Der Geschichtenbrunnen

Kurzgeschichten und Gedichte

BoD – Verlag Norderstedt

Inhaltsverzeichnis

Vorwort

Im Dreiländereck von Phantasie, Neugier und Erkenntnis gibt es einen Wald. In diesem Wald befindet sich ein seltsamer alter Brunnen. Er ist sehr tief. Blickt man hinein, so ist kein Tropfen Wasser darin. Noch keinem ist es gelungen bis auf seinen Grund zu schauen.Und doch ist er nicht leer. Mal scheint er hell zu leuchten. Dann glimmt er in schillernden bunten Farben. Es kommt aber auch vor, dass alles darin schwarz und finster ist. Schaust du hinein, so steigen mal leise schaukelnd, manchmal auch mit brachialer Kraft Bilder aus dem Brunnen auf. Sie steigen in deinen Kopf und werden zu Geschichten. Auch ich habe in diesen Brunnen geblickt. Daraus entstanden sind die Geschichten in diesem Buch.

Guten Morgen!

Es ist vier Uhr. Mein, ausrangiertes, altes,zum Wecker degradiertes, Handy klingelt. Ich werde mitten aus einem Traum gerissen. War sowieso ein verrückter. Ich marschiere darin splitterfaser-nackt mitten über die Wiese zu einem mobilen Bäcker um Brötchen zu holen. Was tue ich da? Die Leute aus den umliegenden Häusern scheinen allerdings nichts dabei zu finden. Auch sie sind nackt, oder zumindest teilweise. Ich schüttle heftig den Kopf, um diesen Traum herauszuschütteln.

Auch der Tag scheint noch nicht recht wach zu sein. Erste Streifen von hell schleichen sich in mein Schlafzimmer. Ein Vogel beginnt sein Morgenlied. Um richtig wach zu werden, lausche ich ihm. Ist es eine Amsel oder ein Star? Ahnung habe ich keine, aber die Gehirnzellen werden durch den Denksport auch langsam munter. Aber was soll das? Plötzlich krakelen mehrere Elstern vor meinem Fenster. Sie verderben den schönen Gesang mit ihrem Geschrei. Denen sollte man doch glatt die Schnäbel zubinden! Ich räkle mich noch einmal kurz. Dann gebe ich mir einen Ruck. Es wird allerhöchste Zeit aufzustehen, die Arbeit ruft.

Das Entlein oder so spielt das Leben

Wer möchte nicht gern mal etwas besonderes sein, anders
als alle anderen herausragen. Das kann ja manchmal ganz
nett sein, aber auf die Dauer recht anstrengend. Außerdem
ist es gar nicht immer gut heraus zu ragen,
aufzufallen,.etwas Außergewöhnliches sein zu wollen.
Manche Leute werden hochnäsig und wollen gar nicht mehr
mit den anderen gleich sein. Doch Hochmut kommt vor dem
Fall. So wie auch in der folgenden Geschichte:
Es ist die Geschichte von der kleinen Ente und eigentlich
beginnt sie schon vor ihrer Geburt. Alles fing mit einem
übergroßen Ei an, welches ihre Mutter ins Nest legte. Es war
schon das fünfte an diesem Tag. Deshalb bemerkte die
Mutter auch nicht gleich den Unterschied. Dass sie kräftiger
pressen musste beim Legen schob sie darauf, dass sie
schon etwas ermüdet war. Erst als sie sich danach ansah,
was sie an diesem Tag vollbracht hatte, fiel es ihr auf. Doch
es machte für sie keinen Unterschied. Sie würde das Ei
ausbrüten wie sie es gewohnt war.
Eines schönen Tages war es dann so weit. Die Küken
begannen sich in den Eiern zu recken und strecken und
drückten immer heftiger gegen die Schale. Eines nach dem
anderen schlüpfte heraus. Nur das Riesenei wollte sich nicht
öffnen. Nun, vielleicht braucht es etwas länger weil es so
groß ist, dachte die Entenmutter. Zwei Tage später bewegte
sich auch in dem großen Ei etwas. Vielleicht ist die Schale zu
dick geraten, dachte die alte Entenmutter und klopfte
vorsichtig ein wenig von außen mit dem Schnabel darauf. Es

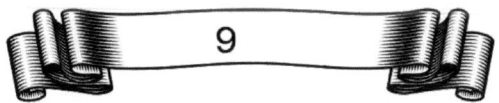

dauerte auch gar nicht lange und die ersten Risse zeigten sich, wurden schnell größer, bis – *krax* - die Schale zerplatzte. Aber was war denn das? So sah doch kein Schnabel aus! Ein weiches, spitz zulaufendes flauschig gelbes Ding schob sich über den Rand der Schale.(Tja, wo andere mit dem Kopf durch die Wand wollten, benutzte unser Entlein ein anderes Körperteil, sein Schwänzchen.) Dann folgten zwei wackelige kleine Entenbeine. Sie zappelten und strampelten so lange bis endlich auch der Rest des Kükens heraus fiel. Der Schnabel erschien als letztes."Gag" machte es nach Entenart und unsere kleine Ente hatte das Licht der Welt erblickt. Der Bauer, dem der Hof gehörte, auf dem die Entenfamilie lebte, hatte natürlich alles beobachtet. Er amüsierte sich köstlich darüber, wie unser Entchen aus seiner Schale heraus gepurzelt war. Doch da es keinen Grund gab einzugreifen, tat er es auch nicht. Aber das außergewöhnliche Entlein wollte er auf alle Fälle gut im Auge behalten. Schon in seinen ersten Lebenstagen geschahen merkwürdige Dinge. So passierte es zum Beispiel, dass unser Entlein im Schlamm ausrutschte, als alle gemeinsam auf dem Weg zu ihrem ersten Schwimmunterricht waren. Nun sah es gar nicht mehr hübsch gelb aus, sondern schlammig-grau. Bis zum Teich war der Schlamm angetrocknet und die flauschige Babyfedertracht völlig verklebt. Da half nur besonders intensives Tauchen und Waschen. Trotzdem dauerte es fast zwei Tage bis alles abgewaschen war. Nach jeder Wäsche war das Entchen ein wenig sauberer als zuvor. Dafür konnte es schneller schwimmen, tiefer tauchen und länger unter Wasser bleiben. Natürlich war die Entenmutter sehr stolz auf ihr besonders begabtes Kind. Deshalb übte sie auch öfters und länger mit ihm als mit den anderen. Wenn diese einmal eine Übung

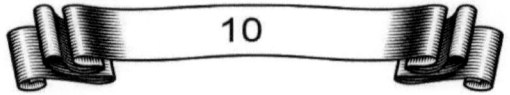

nicht so schnell und gut schafften, bekamen sie immer wieder die Leistungen unseres Entleins unter den Schnabel gerieben. Klar das sie sauer auf ihr Schwesterchen waren. Schließlich wollten sie auch mal dafür gelobt werden, was sie so alles schon konnten.

Der Bauer, der ja die kleine Ente die ganze Zeit beobachtet hatte, dachte sich, es wäre vielleicht ganz lustig der Kleinen einige besondere Kunststückchen bei zu bringen. So lernte sie zum Beispiel zählen. Na ja, nicht so wie es Menschenkinder in der Schule lernen, aber es sah so aus als ob sie zählen könnte. Der Bauer sagte eine Aufgabe, legte Körner hin und brachte der Ente bei nur so viele Körner weg zu fressen, wie das Ergebnis lauten musste. Sie lernte sogar auf einem Seil zu gehen. Das war schon ein recht schwieriges Kunststück, wenn man daran denkt wie Entenfüße aussehen. So wuchs unser Entlein heran und war selber mächtig von sich eingenommen. Doch es sollte noch besser kommen. Durch einen Zufall erfuhren Leute vom Film von dem Entlein, welches so tolle Kunststücke konnte. Sie fuhren also hinaus zu dem Bauern und sahen sich an, ob das auch stimmte, was sie gehört hatten. Am Ende waren sie so begeistert, dass sie beschlossen das Entlein für Filmaufnahmen mit zu nehmen. Dafür kassierte der Bauer eine Menge Geld. So kam es, dass unser Entlein ein Filmstar wurde. Zuerst bekam sie eine Nebenrolle in dem Film „Das hässliche Entlein", danach spielte sie schon die Hauptrolle in „Weihnachtsgans Auguste". Schließlich wurde sie sogar „Die goldene Gans".Dazu wurde ihr ganzes Gefieder mit Goldfarbe eingestrichen. Diese Rolle stieg ihr allerdings mächtig zu Kopf. In den Drehpausen wollte sie immer zu gestreichelt und mit Leckerbissen gefüttert werden. Wenn sie die nicht bekam, rannte sie den Filmleuten laut schnatternd

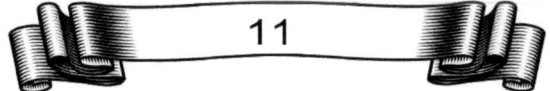

zwischen den Beinen herum bis sie ihre Wünsche erfüllt bekam. Doch einmal waren auch die Dreharbeiten zu diesem Film zu Ende. Die goldene Farbe aber ging nicht mehr ab von den Federn. Es war wie damals als unser Entchen noch klein gewesen und in den Schlamm gerutscht war. Dieses Mal half aber auch waschen und tauchen nichts. Die Farbe war ungewöhnlich hartnäckig. Die einzige Möglichkeit war, die Ente zu rupfen. Danach war sie ganz nackig. Nun hatte sie zwar noch den Pullover aus dem Auguste-Film, doch der wärmte nicht so wie er sollte. Das Ende vom Lied war, dass unser Entchen eine letzte Hauptrolle bekam, die als Hauptgericht auf der Premierenfeier ihres eigenen Films.

Der schwarze Kobold

Neulich waren in unserer Straße zwei Arbeiter der Stadtreinigung. Sie fegten die Blätter vom Straßenrand zusammen und reinigten die Gullys. Das musste sein, weil es ja jetzt im Herbst immer viel regnet. Die Gullys sorgen dann dafür, dass das Wasser abfließen kann und die Straßen nicht unter Wasser stehen. Um die Gullys richtig sauber zu bekommen muss zuerst der Deckel entfernt werden. Dann greift ein Arbeiter mit einer übergroßen Zange hinein, schnappt sich den angesammelten Schmutz und hebt ihn heraus. Das sind ganz schön große Brocken, die da ans

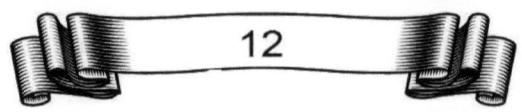

Tageslicht geholt werden. Ganz schwarz sind sie. Und der Geruch? Na ja, ziemlich eklig. Dicke, stinkende Pampe eben. Interessiert gucke ich ihnen ein Weilchen zu. Jetzt sind sie gleich an dem Gully neben meiner Haustür. Wieder die gleichen Arbeitsschritte wie zuvor, Gully auf, Zange rein, Pampe raus. Aber was ist das? Ist dieser Pampeklumpen flüssiger als der zuvor? Er scheint wegzufließen. Nein, der fließt nicht, der läuft! Hä? Ein Pampeklumpen der laufen kann? Da muss ich mich wohl verguckt haben. Ich reibe mir die Augen. Gucke noch einmal hin. Jetzt schüttelt der sich auch noch. Was ist das? Ein kleines Tier? Nein, der Klumpen läuft ja auf *zwei* Beinen. Nach dem er sich einige Male geschüttelt hat, fängt er jetzt sogar an zu schimpfen. Da muss ich doch mal genauer hinhören. Jetzt tritt er einem der Arbeiter gegen den Fuß und schreit ihn an. „Grober Patron!", höre ich und „..bald den Kopf abgerissen.." Die beiden Arbeiter stehen ganz verdattert da, gucken sich an und wissen überhaupt nicht, was hier los ist. Der kleine Kerl aber zetert weiter herum. Aus seinem Gekreische höre ich „..endlich sauber machen.." heraus. Na gut, dann werde ich also mal in Aktion treten. Die beiden Arbeiter stehen ja wie versteinert da. Neben der Haustür haben wir zum Glück einen Wasserhahn mit einem Schlauch dran. Eigentlich ist der ja für die Blumen zum Gießen. Doch warum soll er nicht auch mal für etwas anderes eingesetzt werden. Ich laufe zum Hahn, drehe ihn auf und halte den Schlauch direkt auf das schimpfende schwarze Etwas. Der ist immer noch damit beschäftigt die Arbeiter auszuschimpfen und zu treten. Mein Wasserstrahl kommt völlig unverhofft. Prustend schluckt er Wasser. Jetzt hat er zwei Möglichkeiten, entweder es herunter zu schlucken oder auszuspucken. Schimpfen kann er jedenfalls nicht mehr. Er entscheidet sich fürs

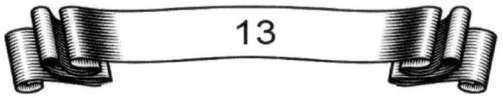

Ausspucken. Was wahrscheinlich auch die bessere Entscheidung war. Heraus kommt nämlich eine ziemlich schwarze Brühe. Das Wasser rieselt noch immer auf ihn herunter. Da er jetzt aber begriffen hat, beginnt er sich zu säubern so gut das eben geht. Am Ende steht er zwar immer noch mit völlig verdreckten Sachen da, aber man kann immerhin erkennen, wo das Gesicht ist und wo die Hände. Mitten im Gesicht eine etwas zu groß geratene, spitze Nase und darüber zwei kullerrunde schwarze Augen. Die scheinen aber nicht vom Schlamm so schwarz zu sein, sondern von Natur aus. Jedenfalls ist jetzt erkennbar, dass das kein Schlammklumpen, sondern ein kleines Männlein ist. Er ist nicht größer als mein Kugelschreiber.

Während ich ihm so bei der Reinigung
 zusehen, fange ich an zu grinsen. Was für eine merkwürdige Situation. Da kommt man nichts ahnend nach Hause, guckt mal kurz anderen beim Arbeiten zu und ...findet ein komisches kleines Männchen. Der Kleine scheint es aber gar nicht komisch zu finden, dass ich über seine Erscheinung grinse. Nun will er auf mich los gehen. Ich versuche ihn mit dem Wasserschlauch auf Abstand zu halten. Richtig schimpfen kann er im Moment auch nicht, weil er dann den Mund voll Wasser bekommt. Und weil das Wasser wieder in Richtung Gully läuft, muss er auch noch aufpassen, dass er

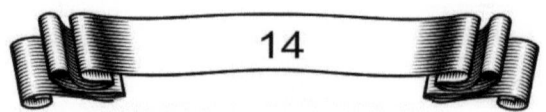

nicht wieder dort hinein gerät. Wie ist er überhaupt dorthin gekommen? Und wo kommt er her? Was macht er überhaupt hier? Ja und wer ist er überhaupt? Alle diese Fragen schießen plötzlich durch meinen Kopf. Wenn ich es herausbekommen will, muss ich fragen. Das ist die einfachste Sache von der Welt. Oder? Dass er die gleiche Sprache spricht wie ich, habe ich ja schon herausbekommen. Doch ich kann mich als erwachsener Mensch nicht einfach so an den Rinnstein setzten und mit einem Winzling schwatzen den es eigentlich gar nicht geben dürfte. Hm? Das beste wird wohl sein, ich nehme ihn mit zu mir in die Wohnung. Damit er mir aber nicht den Teppich versaut mit dem Schmutzwasser, dass immer noch aus seinen Sachen tropft, krame ich eine Packung Tempo-Taschentücher aus der Tasche. Darin wickle ich ihn vorsichtig ein. Gar nicht so einfach. Der Kleine zappelt wie wild herum und nasse Taschentücher reißen sehr schnell. Nach einer halben Packung und vielen guten Worten habe ich es endlich geschafft. Der Wicht ist bis in Kopfhöhe in weiße Taschentücher eingewickelt und ähnelt fast einer Mumie. Nur dass Mumien nicht so herum zetern. Vorsichtig trage ich ihn hinein. Ich lege eine doppelte Lage Küchentücher auf den Tisch, setzte ihn darauf und wickle die Taschentücher so gut es geht wieder ab. Mittlerweile hat er gemerkt, dass ich ihn weder verspeisen, noch ersäufen oder anderes böses will. Brav bleibt er auf dem Tuch sitzen. Ich setzte mich ihm gegenüber auf die Couch. Er guckt mich an, ich guck ihn an. Keiner sagt ein Wort. Das geht bestimmt fünf lange Minuten so. Dann versuche ich ein Gespräch zu beginnen. „Hallo, du", sage ich. Blöder Anfang! Doch mir fällt nichts schlaues ein. Doch dann komme ich auf: „Wer bist du eigentlich? Und was machst du hier?" Noch immer Stille von der anderen

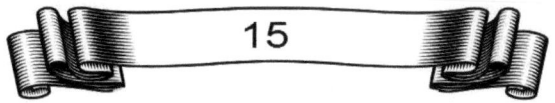

Seite. Dabei weiß ich doch, dass er reden kann. „Hüpfebein", kommt plötzlich aus ihm heraus. Aha, er heißt also Hüpfebein. Komischer Name. Na ja, ist ja auch ein komisches Männchen. Mit einem Mal springt er auf. Ich befürchte schon, dass er vom Tisch fallen, sich verletzen oder gar abhauen könnte. Doch nein, er reißt sein völlig verschmutztes Hütchen vom Kopf, macht eine ulkige Verbeugung und wiederholt: „Gestatten, Hüpfebein!" und fügt kleinlaut hinzu „der Tolpatschige". Ich fasse laut zusammen: „Du bist also Hüpfebein, der Tolpatschige. Richtig?" Nun kommt nur ein Nicken als Antwort. Sieht aber sehr traurig aus, dieses Nicken. Daraufhin frage ich erneut: „Wo um alles in der Welt bist du her gekommen? Und wie in den Gully?" Dabei wird mir mit einem Mal klar, was das für eine merkwürdige Situation ist. Ich sitze hier an meinem Wohnzimmertisch, vor mir ein Winzling, den es nach menschlichem Ermessen gar nicht geben dürfte, und rede auch noch mit ihm. Sicherheitshalber kneife ich mir in den Arm. Au, das tut weh! Also träume ich nicht. Jetzt passiert das, was meine Kinder immer als „Mutter Theresa-Syndrom" bezeichnen. Ich versuche Hilfe zu leisten, praktische Hilfe. Dazu gehört auch, dass ich Hüpfebein belehre, dass er nicht in den nassen Sachen herumhüpfen soll. Er könnte sich ja erkälten. Und einen nichtexistenten Miniaturburschen, der noch dazu ständig niest und hustet..??? Nein den gibt es nicht. Nein den gibt es nicht. Nein den gibt es nicht. Wie oft ich diesen Satz auch in Gedanken spreche, der Kleine verschwindet einfach nicht. Also muss er raus aus den Sachen! Ich stelle mir den Winzling nackt vor. Die Vorstellung ruft ein breites Grinsen in mein Gesicht. Jetzt wird Hüpfebein ernstlich sauer und kreischt etwas von frech oder unverschämt. Woher weiß er was ich gerade gedacht habe?

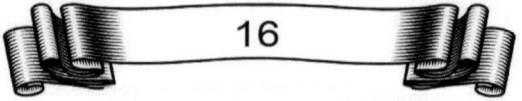

Egal, eigentlich hat er nicht ganz unrecht. Doch was könnte ich ihm als Ersatz geben? Die Puppensachen von meinen Kindern sind alle verschenkt. Ein Taschentuch! So etwas habe ich schon einmal in einem Film gesehen. Mal sehen ob diese Filmidee praxistauglich ist. Ich hole also ein kleines Taschentuch, lege es geviertelt zusammen und schneide am entstandenen Zipfel ein Loch hinein. Das ist für den Kopf, erkläre ich Hüpfebein. Nun soll ich mich auch noch umdrehen, während er die Sachen aus und das Taschentuchhemd anzieht. Na gut, ich tue ihm den Gefallen. Jetzt sieht er noch putziger aus als zuvor. Seine nassen Lumpen wandern gleich in den Mülleimer. Kaum hat er das trockene Tuch auf dem Leib, kommt auch schon die nächste Forderung. Er habe Hunger, wann es endlich was zu essen gäbe. Na hallo? Wie wäre es erst einmal mit DANKE?
Und während ich noch überlege, was so ein Winzling wohl isst, steht er schon an der Tischkante und springt in Richtung Esstisch. Dort liegt eine Packung Brot, die ich aus dem Tiefkühlschrank zum Auftauen herausgelegt hatte. Doch Hüpfi ist wahrlich ein kleiner Tolpatsch. Er hat sich in der Entfernung verschätzt und hängt nun ängstlich quietschend an der Tischkante. Was mich köstlich amüsiert. Tja, die Schadenfreude...Aber dann sehe ich, dass er ja noch seine schmutzigen, nassen Schuhe an hat. Oh Schreck, die hatte ich ihm völlig vergessen auszuziehen. Die Tropfen fallen auf meinen hellen Teppich. Nein, nicht auch noch den versauen, denke ich so und greife nach Hüpfi. Mit spitzen Fingern setze ich ihn auf die Tischkante. Du willst von dem Brot, gut, sollst du haben. Ich nehme eine Scheibe heraus, bestreiche sie mit Butter und lege Radieschenscheiben darauf. Während ich so überlege, wie klein ich das Brot schneiden muss, greift Hüpfi zu, reißt seinen Mund auf und schwupp ist die halbe Schnitte

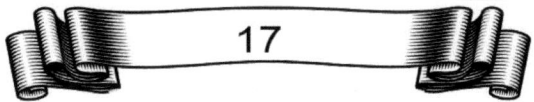

verschwunden. Verblüfft stehe ich daneben und staune. Und ehe ich auch nur ein Wort sagen kann, ist auch der Rest in seinem Mund verschwunden. Nach zwei weiteren Schnitten scheint er endlich satt zu sein. Drei Scheiben Brot, belegt, sind in einem kugelschreibergroßen Zwerg verschwunden! Zufrieden streicht er über sein Bäuchlein, rülpst lautstark und quetscht sich endlich ein DANKE über die Lippen.

Jetzt will ich aber endlich mehr über ihn wissen, bevor er vielleicht noch nach einem Bett verlangt und den Rest des Tages verschläft.

So erfahre ich endlich, wie er in diesen Gully geraten ist. Er war nicht allein unterwegs, sondern zusammen mit drei weiteren Kobolden. Sie hätten den Auftrag gehabt, etwas zu holen. Was, wollte er aber nicht sagen. Na ja, dabei hätten sie etwas herumgealbert, sich geneckt und geschubst. Dabei sei er von der Kante abgerutscht und hinein gefallen in den stinkenden Modder. Das konnte wiedermal nur ihm passieren, er ist nunmal ein Tolpatsch. Auch seine Freunde hätten sich zuerst köstlich amüsiert und über ihn gelacht. Als sie aber merkten, dass er dieses Mal nicht allein wieder heraus kam, wollten sie Hilfe holen. Doch die Kanalarbeiter waren schneller. Und normalerweise dürfen sich Kobolde nicht den Menschen zeigen. Deshalb konnten seine Freunde ihn nicht retten. Dass ihn nun doch ein Mensch gesehen hatte, war ihm sichtlich peinlich. Das würde noch jede Menge Ärger geben, wenn er wieder zu Hause war. Zu Hause... wo war das? Und wie wollte er dorthin kommen? Er druckste eine Weile herum. Normalerweise hatte er ein Beutelchen. Darin befindet sich der Reisestaub, mit dem sie in unsere Welt und wieder zurück gelangen konnten. Doch das steckte vermutlich noch immer in dem Modder aus dem Gully. Und weil es so klein war, konnte es niemand finden. Sicher war

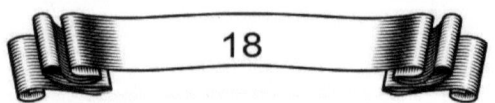

es schon mit der Stadtreinigung abtransportiert worden. Die hatten ja gleich nach der Gullyreinigung mit dem Auto die Straße gefegt.

Früher, da war alles einfacher, behauptete er. Sein Großvater hatte oft davon erzählt wie sie Menschen geholfen oder sie geärgert hatten. Damals waren die Regeln auch noch nicht so streng. Sie durften sich den Menschen zeigen, wenn sie es selbst wollten. Und als Dank für geleistete Arbeiten, bekamen sie sogar Leckereien. Als sie dann aber mehr als ein Mal von Menschen böse hereingelegt wurden, wurden sie zornig. Sie ließen sich nicht mehr sehen und geholfen haben sie auch nicht mehr. Doch das ist nach menschlicher Zeitrechnung schon sehr viele hundert Jahre her. Irgendwie erinnerte mich das an das Märchen, wo die neugierige Schuhmacherfrau Erbsen streute und die hilfreichen Zwerge darauf böse ausrutschten. Die HEINZELMÄNNCHEN hieß das. Sollte etwa...??? Dieser tolpatschige kleine Hüpfi ein Nachfahre der berühmten Heinzelmännchen? Mittlerweile hielt ich schon fast alles für möglich. Zu gerne hätte ich gewusst, was sie hier gewollt haben. Mit dem Zeigefinger stupste ich gegen sein prall gefülltes Bäuchlein. Er begann zu quieksen. Weil er mir ja nicht entwischen konnte, machte ich weiter. Nach einer Weile japste er und rief, dass ich aufhören solle ihn zu krabbeln, er kriege vor Lachen schon keine Luft mehr. Na gut, im Gegenzug sollte er mir endlich mehr von sich und seinem Auftrag erzählen.

So erfuhr ich nun, dass er mit seinen 200 Jahren eigentlich noch ein ganz junger Bursche und eben mit seinen Kumpels unterwegs war. Das Reisepulver hatten sie ihren Eltern gemopst, um ein bisschen Spaß zu haben und ein paar Dummheiten zu machen. Weil er das schon öfter getan hatte, hatten ihn seine Eltern einen kleinen frechen Kobold genannt

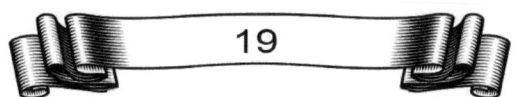

und Hausarrest erteilt. Er aber war aus dem Fenster geklettert und lieber mit seinen Kumpels losgezogen, als fünf Jahre Hausarrest abzusitzen. Sie hatten ein unsichtbares Seil mitgenommen und wollten Menschen darüber stolpern lassen. Das hatten sie schon mal gemacht und fanden es witzig. An der Stelle hätte ich Hüpfi am liebsten seine kleinen Ohren auf Hasenohrlänge gezogen. Doch mal sehen, was er noch so ausplaudern würde. Sie hätten auch schon nasses Laub verstreut oder eine Vase umgekippt. Wie hatten die Menschen da mit den Armen gerudert, bevor sie sich auf den Po setzten. Oder sich selber mit den Händen ins Gesicht geschlagen. Das schien ihn köstlich zu amüsieren. Ganz rote Bäckchen bekam er beim Erzählen. Jetzt wurde ich ernstlich böse. Das was er und seine Kumpels sich als Spaß ausgedacht hatten, führte bei Menschen zum Teil zu heftigen Schäden. Er wolle doch sicher auch nicht mit einem gebrochenen Arm oder Bein mit Schmerzen zu Hause sitzen, während andere sich vergnügen, brüllte ich ihn an. Jetzt wurden sogar seine Ohren feuerrot. Nein, das hätte er so nicht gewollt, gestand er kleinlaut.

Nachdem ich gehört hatte was dieser Kobold so unter Spaß versteht, wollte ich natürlich auch wissen, ob das zu seinem Auftrag gehöre, Menschen einen Schabernack zu spielen. Mit hängendem Kopf gab er zu, dass es gar keinen Auftrag gegeben hätte. Sie wollten doch nur ein wenig Spaß und auch noch Bonbons mopsen. Die sind wunderbar süß und etwas ganz Besonderes. Soetwas gebe es bei ihnen nicht. Sein Geständnis kam ganz kleinlaut und leise über seine Lippen. Doch dahinter saß schon wieder ein schelmisches Grinsen, das ich nicht recht einordnen konnte. War es Verlegenheit? Oder doch keine echte Reue? Was sollte ich nur mit diesem Kobold anfangen? Da es inzwischen Abend

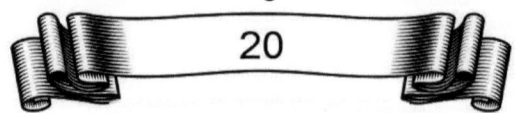

geworden war, entschied ich, diese Sache auf den morgigen Tag zu vertagen. Ich kramte ein altes Puppenbett aus einem Karton, stellte es gleich neben mein Bett und schickte Hüpfi schlafen. Wenig später schlich auch ich auf Zehenspitzen in mein Bett. Nach diesem aufregenden Tag war auch ich schnell im Reich der Träume angekommen. Als ich am nächsten Morgen erwachte, war Hüpfis Bett leer. Darauf lag ein Zettel mit dem Wort DANKE.
Hüpfi habe ich seit diesem Tag nie wieder gesehen. Manchmal aber habe ich das Gefühl, als würde er ab und zu zu Besuch kommen. Besonders dann, wenn ich wieder einmal über etwas nicht zu sehendes stolperte.

Stolpersteine

Wenn man die Füße nicht hebt
und über einen Stein stolpert,
ist dann der Stein schuld?

Wenn die Zunge zu schwer ist
um Worte zu formen,
ist dann die Zunge schuld?

Wenn Schwarz, Weiß und Gelb
nicht miteinander reden,
ist dann die Hautfarbe schuld?

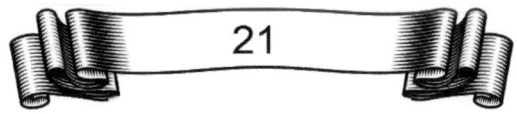

Die seltsame Waschmaschine

Also, wie soll ich es sagen? Eigentlich war sie bis vor kurzem eine völlig normale Waschmaschine, ein Toplader wie das heute heißt. Und sie machte immer was ihre Aufgabe war, die Wäsche waschen. Ich habe sie nunmehr knapp 10 Jahre. Ist also nicht mehr das jüngste Exemplar seiner Gattung. Doch was sie neuerdings so treibt, kann einfach nicht normal sein. Wäre sie ein Mensch, so würde ich sagen „alte Leute werden oft wunderlich". Aber gilt das auch für Waschmaschinen? Werden die auch mit zunehmendem Alter wunderlich, kindisch, albern, ein bisschen plemplem? Das aber muss es sein. Eine andere Erklärung fällt mir dafür nicht ein. Doch, eine vielleicht noch: Die Maschine ist verschlagen und hinterlistig!

Ich will das mal etwas ausführlicher erläutern. Ich stecke also oben die Wäsche hinein. Füge Waschpulver, Entkalker und Weichspüler hinzu und klappe den Deckel herunter. Sofort beginnt sie brav ihre Trommel zu drehen und Wasser einzulassen. Je nach Programm rumpelt sie nun eine oder andertalb Stunden brav vor sich hin. Wenn ihr Programm meint abgearbeitet zu sein, wird das Wasser abgepumpt, die Wäsche gespült und dann...sollte sie eigentlich die Wäsche trockenschleudern. Aber dann kriegt die Gute vermutlich einen Freuden-Adrenalinschub ob der geschafften Leistung. Da sie ja keine Hände hat, knallt sie lauthals mit der Trommel und scheint eine Art Freudensprung zu machen. So rumst und bumst es jedenfalls plötzlich im Badezimmer. Erschrocken fahre ich dann jedes Mal im Wohnzimmer von der Couch hoch und laufe ins Bad. Dort steht meine Waschmaschine und tut als wäre nichts gewesen. Wenn sie einen Mund hätte, würde sie vielleicht sogar noch einen auf „ich bin völlig unschuldig" machen und mit nach oben gerollten Augen pfeifen. Egal, ob ich schnell ins Bad laufe oder mich anschleiche, gucke ich um die Ecke, tut sie, als wäre nichts gewesen. Drehe ich ihr aber wieder den Rücken und gehe zurück ins Wohnzimmer, so springt und tobt sie erneut im Bad herum. Neulich habe ich abgewartet, bis das Hauptprogramm fast zu Ende war. Erst danach beginnt sie nämlich mit ihrem Zirkus. Ich habe mich auf den Klodeckel gesetzt und sie die ganze Zeit, bis zum endgültigen Programmende im Auge behalten. Was soll ich sagen, kein Knall, kein Sprung, nur ordentliche Arbeit bis zum Schluss. Fast glaube ich, die will mich austrixen! Bei der nächsten Wäsche, als sie sich wieder unbeobachtet fühlte, sprang und knallte sie nämlich erneut.

Der Pflaumenkuchen

Als wir Kinder waren, galt es als verpönt, als *Gruppe* zu gelten. *Bande* klang spannender, aufregender. Deshalb gründeten alle Kinder in unserem Aufgang des Wohnblocks gemeinsam eine **Bande.**
Wenn unsere Kinderbande unterwegs war, erlebten wir immer tolle „Abenteuer", auch wenn es nur innerhalb des näheren Wohnumfeldes war. Besonders der Fluss und seine Umgebung übten einen unwiderstehlichen Reiz auf uns aus. So hatten wir eines Tages den Einfall, einmal das Gebiet unweit des Wehrs zu erkunden. Direkt ans Wehr wollten und

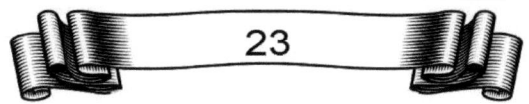

durften wir nicht, das hätte gewaltigen Ärger gegeben. Gleich daneben befand sich aber die Bahnstrecke. Bis dort hin wollten wir. Es war aufregend so unter der Brücke zu stehen, während die Züge oben darüber donnerten. Aber der Reiz hielt nicht auf Dauer, mit der Zeit wurde uns langweilig. Deshalb liefen wir ein Stück an der Bahnstrecke entlang. Dort war ein ziemlich verkrautetes Gelände, hohes Gras, Blumen und alte krumm gewachsene Bäume. Das war Ziel unseres Erkundungsganges. Wie erstaunt waren wir, als wir dort Obstbäume vorfanden. Auf einigen hingen sogar reife Früchte, Pflaumen, wie wir unschwer feststellten. Na, da waren wir doch an der richtigen Stelle! So gut es ging, angelte sich jeder von den Früchten etwas herunter und stopfte sich den Bauch voll. Satt und zufrieden mit dem Expeditionsergebnis ging es danach wieder heimwärts.

Zu Hause angekommen, erzählte ich meiner Oma von unserer Entdeckung und ich meinte, dass ich am Abend auch Mutti und Vati davon berichten sollte. Die Idee fand Oma dann aber nicht so toll. Was ich nicht wusste war, Vati hatte etwas gegen unsere Herumstromerei. Wenn ich dann gar noch von der Entdeckung der Pflaumen berichten würde und das ich sie ungewaschen gegessen hätte, wäre der Ärger so gut wie sicher. Den aber konnte ich gar nicht leiden, das zog immer so hässliche Strafen wie zum Beispiel Fernsehverbot nach sich. Gemeinsam mit Oma suchten wir nach einem möglichen Ausweg aus dieser Zwickmühle. Zunächst einmal sorgte sie dafür, dass ich an diesem Abend beizeiten im Bett verschwunden war, ehe jemand auf die Idee kommen konnte, mich nach meinen nachmittäglichen Erlebnissen zu fragen.

Am nächsten Morgen bevor ich in die Schule marschierte, flüsterte sie mir dann zu, sie hätte eine Lösung gefunden.

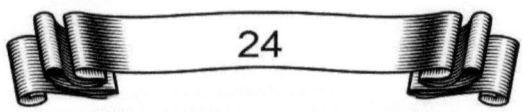

24

Diese wollte sie mir erzählen, wenn ich von der Schule zurück wäre. Der Schultag verging sehr schnell und gespannt auf Omas Idee, lief ich nach Hause. Beim Mittagessen rückte sie dann damit heraus. Sie könne ein paar Pflaumen schon recht gut gebrauchen und im Laden gibt es ja keine. Vati isst aber gern Pflaumenkuchen, wie sie weiter erzählte. Also könne man ja meine Entdeckung sehr gut nutzen. Mit einer großen Tasche schickte sie mich los, die Pflaumen in jenem verwilderten Garten, denn um einen solchen handelte es sich, zu ernten, bevor jemand anderes auf die Idee käme. Gemeinsam mit noch zwei Mitgliedern unserer Bande zog ich los. Jeder von uns war mit einer Tasche bewaffnet, denn auch sie wollten ihren Eltern mit den süßen Früchten eine kostenlose Freude machen. Es dauerte auch gar nicht allzu lange und unsere Taschen waren voll. Glücklicherweise hatte einer daran gedacht mit seinem Fahrrad zu kommen. An dieses konnten wir nun unsere schweren Taschen hängen. Abwechselnd schoben wir das Rad bis vor die Haustür. Dort trennten sich unsere Wege. Oma half mir die Tasche nach oben zu tragen. Dafür half ich ihr anschließend beim Entsteinen der Früchte. Gemeinsam wurde der Teig vorbereitet. Was natürlich nicht ohne naschen abging. Anschließend belegten wir den Kuchen mit den Pflaumen und ab in den Ofen. Als Vati nach Hause kam, duftete die ganze Wohnung bereits appetitlich nach frischem Pflaumenkuchen.

Dummerweise erfuhr Vati am nächsten Tag die Herkunft der Früchte aus Gesprächen im Haus, weil ja auch die anderen welche mitgebracht hatten. Doch da hatte er ja schon vom Kuchen gegessen, ihn für schmackhaft befunden und Oma gelobt. Ich beobachtete das vorsichtshalber aus sicherer Entfernung, hinter der Tür stehend. Als Vati mich entdeckte,

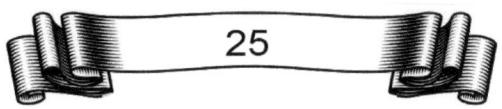

winkte er mich mit dem gekrümmten Zeigefinger heran. Zögernden Schrittes näherte ich mich. Kaum war ich in seiner Reichweite packte er mich. Auweia, jetzt gibt's den Hosenboden voll, dachte ich noch so bei mir. Aber was war das? Statt kräftigen Poklopfens hob er mich hoch und drückte mir einen dicken Schmatz mitten auf die Nase. „Du kleiner Schlingel", hörte ich ihn sagen"da hast du mich ja hübsch veralbert. Aber weil der Kuchen so gut geschmeckt hat, will ich dir nicht böse sein wegen der Herkunft der Früchte" Na, da hatte ich ja noch mal richtig Glück gehabt.

Die Bootsfahrt auf dem Fluss

Doch das war nicht der einzige Streich unserer Bande. Es gab immer jemanden, dem etwas „tolles" einfiel. Meistens war es unser Anführer. Na ja, eigentlich war es eine Anführerin, die freche Eva.
 Ich war nur geduldetes Mitglied, da ich selbst nie irgend einen Streich ausheckte. Aber ich wohnte nun einmal mit im Haus und ging mit einigen sogar in die gleiche Klasse. Also trottete ich mit, wenn eine Unternehmung angesagt war. In jenem Sommer hatten wir uns vorgenommen, die heimatlichen Gewässer zu erkunden. Ganz in der Nähe lag der Fluss „Schwarze Elster", der war das ideale Objekt für die Durchführung des Planes. Man konnte darin schwimmen, Fische fangen und noch vieles mehr. Es war fast wie in der Geschichte von Tom Saywer.
Eines Tages kam einer aus der Truppe, ich glaube es war sogar Eva, auf die Idee, man könne ja auf der Elster Boot fahren. Alle waren begeistert. Doch wir hatten ja überhaupt

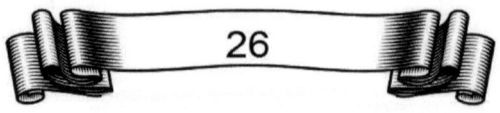

kein Boot. Wir steckten die Köpfe zur Beratung zusammen. In diesem Moment lief gerade im Radio das Lied vom Knallroten Gummiboot. Klar! Ein Gummiboot konnte funktionieren. Wer aber hatte eins? Weder die Eltern von Eva noch von einem der anderen Kinder waren im Besitz eines Gummiboots. Der lange Uwe hatte den rettenden Einfall, wie er uns über das ganze Gesicht grinsend erklärte. Wir guckten verdutzt und konnten uns keinen Reim darauf machen. Also setzte er zu seiner Rede an:

Jeder von uns wäre doch sicher schon mal mit den Eltern zelten gewesen, manchmal sogar den ganzen Urlaub lang. Das heißt, fuhr er fort, ihr habt im Zelt auch geschlafen. Das konnten wir, heftig mit dem Kopf nickend, bestätigen. „Na also!" fuhr er triumphierend fort. „Worauf habt ihr denn da geschlafen?" Noch immer war uns nicht ganz klar worauf er hinaus wollte. „Nun strengt eure Birne doch mal an", rief er. „Ja also, da haben wir im Schlafsack geschlafen und zwar meist im Trainingsanzug, weil es nachts immer kühl wurde", wagte ich zu bemerken. „Ja ja", zappelte er ungeduldig herum. „Und was war unter dem Schlafsack?" „Na, die Luftmatratze", kam meine Antwort. „Siehste! Das habe ich gemeint!" rief er. Nun fiel es allen wie Schuppen von den Augen. Eine Luftmatratze! Die war auch aus Gummi und zum Schwimmen auf dem See hatten sie sie doch auch benutzt. Warum sollte sie nicht auch auf der Elster schwimmen können. Kurzerhand wurde die Luftmatratze zum Boot und für flusstauglich erklärt. Schnell liefen wir in unsere Wohnungen und kramten das Teil heraus. So ausgerüstet ging es nun in Richtung Elster. Am Ufer waren wir erst einmal alle damit beschäftigt das gute Stück aufzublasen, was ganz schön Kraft kostete. Endlich aber war es geschafft. Wir liefen am Ufer bis etwa in Höhe der

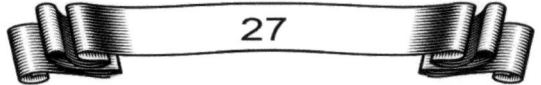

mittleren Brücke. Dort war eine gute Einstiegsstelle. Dabei mussten wir ganz vorsichtig sein. Im Fluss gab es so kleine Fische namens Stichlinge, die hatten die unangenehme Eigenart bei Gefahr die Rückenflosse ganz steil hoch zu stellen. Wenn man dann aus Versehen darauf trat, passierte es nicht selten, dass wir uns einen Fisch an den Fuß spießten. Was nebenbei gesagt ganz schön weh tat und heftig blutete.

Wir stiegen also mit unserer aufgeblasenen Matratze unter dem Arm behutsam ins Wasser. Dann warfen wir uns mit Schwung auf selbige und fuhren flussabwärts, vorbei an unserer Schule bis zur nächsten Brücke. Weiter trauten wir uns anfangs nicht. Außerdem hätten wir sonst zu weit zurücklaufen müssen. Hinter der Brücke sprangen wir von unserem Luftmatratzenboot. Wieder hieß es aus mehreren Gründen aufzupassen. Zum einen waren ja diese Stichlinge und zum anderen durfte ja auch das Boot nicht wegschwimmen. Anfangs war uns das nämlich passiert und wir hatten ganz schön zu tun die Matratze wieder einzufangen. Mit der Zeit hatten wir aber den Bogen raus. So verging der ganze Nachmittag damit auf der Elster Boot zu fahren. Von der Brücke aus sahen uns dabei sogar manchmal Leute kopfschüttelnd zu. Am späten Nachmittag, es wurde schon dämmrig, schlich dann unsere ganze Bande müde aber glücklich nach Hause. Nur unsere Eltern waren nicht so begeistert von unserer Bootstour, denn sie dachten mehr an die möglichen Gefahren, denen wir uns ihrer Meinung nach ausgesetzt hatten, als an ein tolles Abenteuer, welches es für uns gewesen war.

Das Reh

Es ist Sonntagmorgen. Der letzte Tag unseres alljährlichen
drei Tage dauernden Freilufttreffens der Science Fiction
Freunde . Auch dieses Mal haben wieder ca. 50 Leute
teilgenommen. Es sind die drei Tage im Jahr, auf die sich
jeder von uns riesig freut und die wir deshalb auch nur
ungern versäumen. Wie jedes Jahr haben die härtesten von
uns auf der Wiese neben der kleinen Waldgaststätte ihre
Zelte aufgeschlagen. Die anderen haben sich Quartiere im
Dorf oder beim Gastwirt besorgt. Viele haben auch ihre
Kinder allen Alters mitgebracht. Dadurch ist jeder Zeit
Stimmung auf der Wiese. In einem Jahr hatten wir für die
Kinder sogar ein Fernsehzelt aufgebaut, da waren sie
beschäftigt und wir konnten unseren Interessen nachgehen.
Die bestanden in der Teilnahme an einer Lesung, oder dem
jedes Jahr aufs Neue erwarteten und gefürchteten
sogenannten „Oberförsterquiz". Das bestand grundsätzlich
aus merkwürdigen, seltsamen und skurilen Fragen, die zwar
zum Teil etwas mit Science Fiction zu tun hatten, aber meist
ausgefallener Natur waren. Das gab bei der Auflösung immer
ein richtiges Gaudi.
Daneben waren dann auch noch Familienveranstaltungen,
zum Beispiel Waldwanderungen. Da konnten sich auch die
Kinder so richtig austoben. Nur den Rehen und Hasen im
Wald dürfte das sicher nicht so gefallen haben. Besonders
beliebt bei Groß und Klein waren die „Geländespiele". Das
war wandern inklusive unterwegs aufzufindenden Fragen
und Aufgaben. Dabei hatten alle immer riesigen Spaß. Nur
eben, wie schon erwähnt, nicht die Tiere des Waldes. So

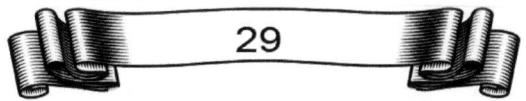

manches von ihnen sahen wir erschreckt davon stieben wenn wir in den Wald einfielen. Glücklicherweise mussten die Tiere uns ja nur drei Tage im Jahr ertragen. Danach verschwanden wir wieder in alle Himmelsrichtungen. Abends, wenn dann die Kinder zur Ruhe gebettet oder einfach vor Müdigkeit umgefallen waren, legten wir Erwachsenen noch einmal so richtig los. Da der Wirt vor der Gaststätte noch Tische und Bänke aufgestellt hatte, wurden diese erobert, eine gehörige Portion Bier oder ein anderes nicht alkoholfreies Getränk bestellt und dann begannen die „ernsthaften Diskussionsrunden". Angefangen von dem Thema „Warum zeigen wir Touristen nicht mal die Elbe von unten mittels eines Touristen -U-Boots?" über die Frage „Wie kann man die deutsche Rechtschreibung an die sächsische Nationalsprache annähern" bis hin zur Kommasetzung im klingonischen Satzbau. Waren wir bis zu diesem Themenkomplex vorgedrungen, war es meist schon ziemlich spät am Abend und der Mond beleuchtete unsere von den Diskussionen geröteten und erhitzten Gesichter. Wobei das insgesamt gesehen recht ergiebige Themen waren. Besonders die Sache mit dem Touristen-U-Boot war durchaus noch ausbaufähig. Doch diesmal trieben wir es noch heftiger. Irgendjemand, keiner wusste am nächsten Morgen mehr wer es gewesen war, da alle es leugneten, kam auf die Idee einen Sängerwettstreit zu veranstalten. Die linke Bank trat gegen die rechte Bank an. Nee, aufgestanden sind wir erst später! Jedenfalls begannen wir gemeinsam mit einem Lied. Dann sang plötzlich jede Bank ein anderes. Möglichst inbrünstiger als der Nachbar gegenüber und natürlich in entsprechender Lautstärke. Nur gut, dass sich zu diesem Zeitpunkt außer uns niemand mehr in der Nähe der Gaststätte aufhielt. Wir hätten uns glatt eine Einweisung in

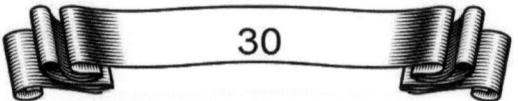

die nächste Klapsmühle ersungen oder wären wegen ruhestörenden Lärms verhaftet worden. Der Wirt ertrug uns mit stoischer Geduld. Nun ja, er hatte ja auch sein gutes davon. Schließlich konsumierten wir auch während des Sangeswettstreits weiter fleißig Bier und andere hochprozentige Getränke. Als er dann müde wurde (Wir waren es noch lange nicht!), stellte er uns noch zwei Kästen hin und verschwand gähnend in Richtung häuslicher Matratze.

Mittlerweile war Nebel aufgezogen und verschleierte den bis dahin hell scheinenden Mond, der uns quer über die Wiese hinweg angeleuchtet hatte. Als sich dann plötzlich eine Wolke vor den Mond schob, wurde es für einen Moment richtig dunkel. Außer den Kerzen auf unseren Tischen war ja sämtliche Beleuchtung bereits abgeschaltet. Dadurch verunsichert, hatte jemand plötzlich einen nüchternen Augenblick. In dieser Sekunde kam auch der Mond wieder hinter den Wolken hervor. Wie aus einem Rausch erwacht, blickte er hoch und meinte „ Guckt mal, da steht ein Reh auf der Wiese das wir noch nicht mit unserem Gesang verjagt haben." Alle blickten in die durch seine ausgestreckte Hand gewiesene Richtung. (Richtig) Tatsächlich, da stand was oder jemand auf der Wiese, gleich neben dem großen Heuschober. Es sah in unseren Augen wirklich wie ein Reh aus. Wir freuten uns und sangen weiter. Gegen Morgen waren wir alle heiser und endlich auch bettschwer genug, um unsere Schlafgelegenheiten aufzusuchen. Doch uns blieben nur wenige Stunden. Die Kinder, die ja schon beizeiten ins Bett verschwunden waren, hatten ausgeschlafen und tobten durchs Lager. Total verkatert krochen wir hervor. Mit den Schlachtruf „KAFFEE!" stürmten wir in Richtung Gastwirtschaft. Plötzlich blieb einer der vorn laufenden

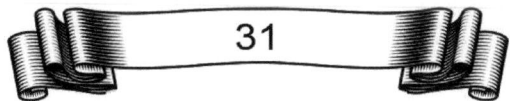

abrupt stehen. Natürlich knallten die nächsten schimpfend hinten drauf. Rufe wurden laut:"Was ist los? Warum bleibst du stehen?" tönte es von weiter hinten. „Das … das Reh.., das Reh.." stammelte er völlig verdattert. Alle Kopfe wandten sich in Richtung Wiese. Stimmt, dort hatten wir es ja in der Nacht, als der Mond durch den Nebel schien, gesehen. Was war mit dem Reh? „Es steht immer noch da!" Das kam uns dann doch recht merkwürdig vor. Warum stand das Reh noch immer da? Für gewöhnlich bleiben die doch nicht stundenlang an einem Platz stehen. Doch ohne Kaffee funktionierte unser Denkapparat auch nicht. So tranken wir also erst einmal Kaffee beim Wirt. Dabei diskutierten wir natürlich über das merkwürdige Reh. Nun wollte der Wirt auch wissen, um was für ein Reh sich unsere Gespräche drehten und wir berichteten ihm von dem Tier, welches wir schon nachts im Mondschein gesehen hatten und welches immer noch auf der Wiese stand. Jetzt wollte auch er es genau wissen und ging selbst hinaus. Wenig später kam er, sich den Bauch vor Lachen haltend, zurück. Wir sahen uns an, ohne den Grund für seine Heiterkeit ergründen zu können. Kaum hatten wir unsere Kaffeebecher geleert, kommandierte er plötzlich los: „Alles aufstehen und raustreten!" Hä? Was sollte denn das jetzt werden? Neugierig kamen wir seinem Kommando nach. Als alle draußen waren, setzten wir uns, mit ihm als Führer, in Bewegung. Es ging genau in Richtung Reh. Wir wollten uns schon ducken und anfangen zu schleichen, als wir plötzlich stutzten. Nun schien nämlich die Sonne auf unser Reh. Und siehe da, was wir für ein Reh gehalten hatten entpuppte sich als gewöhnlicher Holzbock, an den Strohbündel gestellt werden konnten. Da er direkt neben dem großen

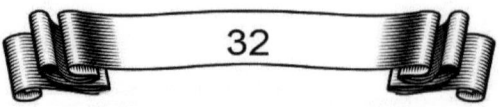

Strohhaufen stand, hatten uns Mond, Nebel und alkoholvernebelte Augen genarrt. Auweia, da hatten wir uns ganz mächtig blamiert!

Geländespiele

Geländespiel = Zivile Variante eines Manövers, Variante um Kinder aus der Wohnung und weg vom Computer zu locken. Aber auch eine Möglichkeit der Beschäftigung erwachsener Personen. Tja, und genau darum geht es. Man nehme also eine Gruppe von Personen. Dazu ein günstiges Gelände, idealerweise einen Wald. Nun benötigt man noch eine gewisse Anzahl von Aufgabenstellungen, die in Form von Stationen in eben diesem Wald verteilt werden. Und schon kann es los gehen. HALT! Das ist zu einfach. Für Erwachsene sollte doch besser eine verschärfte Variante angewendet werden.

Gut, also lassen wir das Ganze nicht am Tage stattfinden sondern nachts. Zum weiteren Szenario gehören verteilte Stationen mit Aufgaben und die Erläuterung der Aufgabenstellung. Die beste Startzeit ist kurz nach Mitternacht. Startpunkt: eine gastronomische Lokalität unweit des Waldes. Die Einweisung findet nach dem ausgiebigen Genuss alkoholischer Getränke statt. Es ist also eine SCHNAPSIDEE.

Soweit zur Vorgeschichte der Ereignisse. Ach ja, eines sollte noch erwähnt werden: Die folgenden Taten liegen alle in ferner Vergangenheit und sind auf Grund vielfältiger gesetzlicher Regelungen in der heutigen Zeit nicht wiederholbar. Nachdem auch das geklärt ist, kann unser Geländespiel starten. Da es nachts für gewöhnlich recht

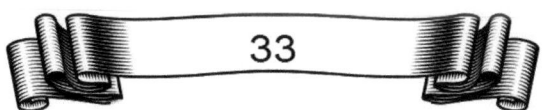

dunkel ist, was besonders auch für Wälder gilt, wurden verschiedene Beleuchtungsmittel mit auf den Weg genommen. Als da wären: Feuerzeug, Kerzen, Taschenlampen. Nun, ausreichend war die Helligkeit nicht gerade, aber immerhin stolperte man nur über jede zweite oder dritte Wurzel. Und besonders trittfest war die Truppe eh nicht mehr, dank des Alkoholgenusses. Da galt das schon als großer Vorteil. Und dann kam ja noch die Aufgabenstellung hinzu. Diese lautete, dass eine bestimmte Anzahl farbig markierter Kronkorken am Wegesrand zu finden war, um einen Preis zu gewinnen. Worin dieser Preis bestand, wusste zwar keiner, aber die Aufgabe klang lustig.

So zogen die tapferen Leute mit ihrer spärlichen Beleuchtung, stets zum Boden spähend, durch das Gelände. Es war sehr anstrengend unter diesen Umständen auch noch die nicht gerade riesigen Kronkorken zu finden. Schnell kam es zu ersten Ermüdungserscheinungen. Denen musste unter allen Umständen entgegen gewirkt werden. Und wie geht das besser als mit einem munteren Liedchen auf den Lippen. Sie sangen nicht schön, dafür aber ausdauernd laut und lange. Das Liedgut reichte von „Auf du junger Wandersmann" über „Bau auf, bau auf" bis hin zu „Sandmann lieber Sandmann". Es war ein sehr weit gefächerter Themenbereich, über den besonders die noch nicht erschreckt geflüchteten Waldtiere sicher begeistert waren. Zum Glück drang der Gesang nicht bis ins Dorf, sonst wäre die gesamte Truppe noch in dieser Nacht ausgebürgert worden. Insgesamt dauerte der Spuk knapp zwei Stunden, dann waren die Kehlen ausgetrocknet und der Wald durchquert. Kronkorken waren allerdings kaum gefunden worden. Doch das störte zu diesem Zeitpunkt keinen.

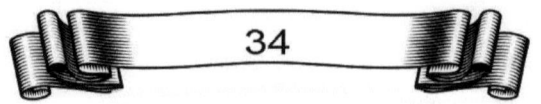

Der Koffer

So ein Koffer ist seit Urzeiten ein sehr wichtiges Utensil. Auch wenn sich seit der Zeit der Neandertaler sicher mehrfach das Material, aus dem er gefertigt wurde, verändert hat, so ist sein Bestimmungszweck erhalten geblieben. Dieser besteht, wie sicher jeder weiß, darin Dinge in seinem Inneren aufzunehmen und sicher zu verwahren, auf das sie beim Transport von einem Ort zum anderen weder beschädigt werden, noch verloren gehen. Aus alten Filmen kennt sicher jeder die Ungetüme aus Holz, die eher riesigen Truhen ähnelten. In modernerer Zeit wurden dafür Materialien wie Leder, strapazierfähiger Stoff oder gar Plastik verwendet. Doch aus welchem Material auch immer, ein Koffer war und ist uns immer ein zuverlässiger Freund und Helfer auf Reisen.

Auch als wir vor vielen Jahren, es müssen jetzt fast zwanzig sein, in Richtung Sowjetunion reisten, begleitete er uns. Wir hatten pro Person ein Exemplar Koffer dabei, der alles enthielt,was so gebraucht wurde, angefangen von Bekleidung über Hygieneutensilien bis hin zu Schuhwerk. Es war wichtig die Gepäckmenge zu begrenzen, denn ein Teil der Reise wurde mit dem Flugzeug zurück gelegt. Außerdem führte uns die Reise über mehrere Stationen quer durch die Sowjetunion. Da wäre es nur hinderlich gewesen zu viel schleppen zu müssen. Wir waren eine Reisegruppe von etwa zwanzig Personen, alle so im Alter zwischen 18 bis 25 Jahre und reisten mit „Jugendtourist", einem Reisebüro speziell für junge Leute. Das war preiswert und man kam viel herum. Klar, wir schliefen nicht in Luxusquartieren, doch es war immer sauber und ordentlich. Unser Reiseleiter war der Einzige der die 30 schon leicht überschritten hatte. Deshalb fühlte er sich auch besonders für uns „Küken" verantwortlich. Ja, manchmal benahm er sich wirklich wie eine echte Glucke. Ständig war er besorgt um uns und wollte immer wissen, was wir so an den freien Nachmittagen machten. Manchmal war das schon recht lästig. Am liebsten hätte er uns sicher wie eine Kindergartengruppe an die Hand genommen und aus der Freizeit wäre ein Gruppenspaziergang geworden. Natürlich machten wir uns deshalb immer einen riesigen Spaß daraus, ihm nach einem Freizeitnachmittag einen gewaltigen Bären aufzubinden, was wir wieder alles angestellt hätten. Sicher haben wir ihn damit mehr als ein Mal an den Rand der Verzweiflung getrieben. Doch neben diesen gewollten Scherzen kam es mitunter auch zu ganz unfreiwilligen. Eine Sache, die ich selber mit verursacht hatte, ist mir dabei ganz besonders im Gedächtnis haften geblieben.

Wir hatten, wie schon berichtet, mitunter freie Zeiten, in denen wir ganz nach Belieben selber die Gegend erkunden oder einfach nur im Hotel bleiben konnten. Ich nutzte diese Zeit gemeinsam mit meinem damaligen Mann unter anderem auch dafür Reisesouveniers als Geschenke für die daheim Gebliebenen ein zu kaufen. Mal war es eine besonders schöne Ansichtskarte, mal eine Matrjoschka oder ein bemalter Holzlöffel. So sammelten sich im Laufe der Reise eine Menge Dinge an und füllten zusätzlich den Koffer. Und dann kam der Höhepunkt, für unseren kleinen Sohn, der noch nicht mit auf Reisen gehen konnte, entdeckten wir einen Bagger. Dieser war so gebaut, dass man damit richtig baggern, fahren und vieles kurbeln und drehen konnte. Wir waren begeistert. Das war genau das Richtige für unseren kleinen Pfiffikus. Außerdem war der Bagger aus Metall und mächtig stabil. Ein weiterer Pluspunkt! Der musste mit. Also kauften wir ihn und ließen ihn einpacken. Kaum hatten wir den Laden verlassen, meinte mein Mann auf einmal „ Wie willst du den denn auf dem Rest der Reise transportieren? Ich stutzte erst einmal und sah mir unseren Kauf noch mal an. Er hatte Recht. Wenn ich den Bagger in den Koffer packte, würde kein einziges Stück von unseren Sachen mehr hinein passen, auch all die anderen Mitbringsel hätten keine Chance. Daran hatte ich in meiner Freude über den Kauf überhaupt nicht gedacht. Nachdem wir uns beide eine ganze Weile schweigend angesehen hatten, kam mir die rettende Idee. Wenn der Bagger einen ganzen Koffer für sich alleine brauchte, so sollte er einen Koffer für sich alleine haben. Wir machten auf dem Absatz kehrt, marschierten zurück in den Laden und erwarben einen Koffer in der passenden Größe. Was waren wir stolz auf unseren schlauen Einfall! Danach ging es zurück in die Unterkunft.

Am nächsten Morgen, es war wieder einmal Abreisetag, stellten wir wie üblich unsere Koffer in die Hotelhalle und gingen zum Frühstück. Es dauerte nicht lange und ein total genervter wuschelhaariger Reiseleiter kam in den Speisesaal gestürzt. Alle sahen sich mit großen fragenden Augen gegenseitig an. Wer hatte denn diesmal wieder einen Streich verzapft? Alle zuckten unschuldig mit den Schultern und schüttelten den Kopf. Währenddessen war der Reiseleiter mindestens schon fünf Mal mit gehetztem, verstörten Blick zwischen Hotelhalle und Speisesaal hin und her gerannt. Da sich alle unschuldig bekannten, fasste sich einer der Männer ein Herz und griff sich den Reiseleiter als er ein weiteres Mal herein gestürmt kam. Was denn los sei, wollten wir wissen, was diese Hektik solle, es hätte doch keiner etwas angestellt.

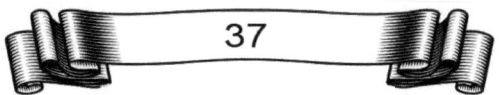

Völlig geschafft ließ er sich auf einen angebotenen Stuhl fallen. Holte tief Luft, schüttelte ein weiteres Mal den Kopf. Doch wir ließen nicht locker. So berichtete er stockend, mit vielen Pausen zum Luft holen dazwischen, was ihn denn in diesen Zustand gebracht hatte.

Wir hätten doch alle unsere Koffer in die Hotelhalle gestellt, begann er. Bejahend nickten alle. Aber etwas stimmt mit den Koffern nicht! Einer von der Gruppe ging nachsehen. Alle Koffer standen in Reihe und Glied. Was sollte da nicht stimmen? Nun erzählte der Reiseleiter, dass es seine Aufgabe wäre, vor jeder Weiterreise die Vollzähligkeit der Koffer zu überprüfen. Bisher wären es immer exakt zwanzig Koffer gewesen. Jetzt aber ständen einundzwanzig da! Außer uns reiste aber keine Gruppe heute ab, also kann kein Koffer von einer anderen Gruppe dahingeraten sein. Er könne sich das einfach nicht erklären. Meinem Mann und mir aber dämmerte allmählich etwas. Wir hatten ja am Vortag einen Koffer gekauft, für den Bagger! Den hatten wir am Morgen einfach dazu gestellt, ohne an etwas Schlimmes zu denken. Der Koffer war in der bisherigen Rechnung des Reiseleiters aber nicht enthalten. Mit dem unschuldigsten Blick, den ich auf Lager hatte, erklärte ich nun die Sachlage. Im ersten Moment dachte ich, er würde mich mit einem Blick erschießen. Doch kurz darauf entrann ein befreiender Schrei und anschließendes nicht enden wollendes Gelächter seiner Kehle. Nach einem zusätzlich spendierten Kognak war der Reisefrieden wieder hergestellt und der zusätzliche Koffer in die Inventarliste des Reiseleiters aufgenommen.

So kann also ein ganz gewöhnlicher Koffer für mächtig Aufregung sorgen. Doch wir waren zum Glück des Reiseleiters die Einzigen, die eine solche Idee hatten. Nicht auszudenken, wenn noch mehr zusätzliche Koffer aufgetaucht wären. So viel Kognak hätten wir gar nicht auftreiben können, wie er dann benötigt hätte. Das Objekt der Aufregung, der Bagger, aber existiert noch heute. Allerdings staubt er in einer Kellerecke vor sich hin bis eines der Enkelkinder damit beglückt werden kann. Dann aber garantiert ohne Koffer!

Renates Urlaub

Endlich Urlaub! Renate hatte sich schon das ganze Jahr
darauf gefreut. Und das aus vielerlei Gründen. Zum ersten
Mal in ihrem Leben sollte Norwegen das Urlaubsziel sein.
Ganz privat, nur eine kleinen Gruppe, so lautete die Planung.
Renate freute sich besonders auf Richard. Ihm zuliebe hatte
sie zu gesagt mitzukommen, obwohl Angeln gar nicht ihr
Hobby war. Doch vielleicht würde es das ja mit seiner Hilfe
werden.
 Allen die es hören wollten und auch so manchem, der es
vielleicht nicht hören wollte, hatte sie von ihrem Urlaubsziel
erzählt. So sehr freute sie sich darauf.Sie war neugierig, auf
all das Neue, welches sie dort erwarten würde. Richard hatte
ihr schon so viel davon erzählt. Nun sollte sie es selbst
sehen. Manch einer hatte sie gewarnt, dass sicher manches
anders sein würde, als sie es sich ausmalte.Doch das wollte
wiederum sie nicht hören. Sie war emotional einfach zu sehr
aufgeladen.
Bisher hatte sie zwar auch stets mit fremden Leuten
Individualurlaub gemacht, aber da war sie die Reiseleitung.
Sie war diejenige, die den anderen sagte, wie der Ablauf sein
würde und die sich um alles kümmerte.Außerdem ging es
immer in die warmen, südlichen Gefilde.
Dieses Mal aber hatte jemand anderes die organisatorischen
Fäden in der Hand, ihr Richard. Er war die Reiseleitung. Sie
war `nur` einfacher Mitreisender. Endlich wollte sie sich
einmal zurücklehnen und einfach nur genießen. Dabei
verließ sie sich auch darauf, ihren guten Freund Richard an
ihrer Seite zu haben. Auch hoffte sie darauf, vielleicht ein
paar zärtliche Minuten mit ihm zu genießen und ihm in dieser

Zeit etwas näher zu kommen. Bisher hatte er sich in diesem Punkt immer als sehr zurückhaltend gezeigt.

Der Reisebeginn verlief fast perfekt. Sie hatte zwar in der Nacht vor der Abreise schlecht geschlafen und auch eine Menge unmögliches Zeug geträumt, war aber trotzdem noch vor dem Weckerklingeln aufgestanden. Nach den notwendigen morgendlichen Verrichtungen und einem kleinen Frühstück stieg Renate gut gelaunt in ihr Auto, um zum vereinbarten Treffpunkt, Richards Wohnung, zu fahren. Dorthin wollten auch die anderen Mitreisenden kommen. Natürlich kam sie viel zu zeitig an. Richard war gerade dabei den Anhänger mit allen notwendigen Dingen, die mitgenommen werden mussten, zu beladen. Und das war eine Menge! Schließlich wollten sie sich am Urlaubsort selbst verpflegen. Danach war Zeit für das Frühstück, Richards erstes, Renates zweites. Und noch eine Person saß mit am Tisch, Richards Schwester, Edelgard. Mittlerweile waren auch die letzten beiden Reiseteilnehmer eingetroffen. Sie hießen Franz und Franziska. Renate empfand diesen Zufall als lustig. Vermutlich auch deshalb, weil sie gut gelaunt war. Nach einer kurzen Begrüßung ging es endlich los. Schnell war die Truppe in den bereitstehenden Kleinbus eingestiegen. Der voll beladene Hänger wurde angekoppelt, und ab ging die Fahrt. Edelgard und Franziska verstanden sich sofort prächtig, ebenso Richard und Franz. Wie Renate bemerkte, kannten sich die beiden Männer schon längere Zeit. Weil sich beide beim Fahren abwechseln wollten, saßen sie vorn. Die Mittelreihe wurde von Edelgard und Franziska belegt. Für Renate blieb nur der Platz in der letzten Reihe übrig. Sie fühlte sich ein dadurch ein wenig ausgegrenzt. Vielleicht unbegründet, aber dieses Bauchgefühl ließ sich nun einmal nicht rational erklären. Deshalb zog sie sich in

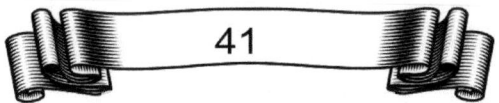

41

sich selbst zurück und stellte sich schlafend. So konnte sie ungestört den Gesprächen folgen, musste aber nicht befürchten durch eine falsche Bemerkung die Stimmung zu verderben., ausgenommen ihre eigene, doch das wollte sie keinen merken lassen. Ihr war nämlich zum Heulen zumute. Sie war nach ganz hinten verbannt und somit weit weg von Richard, der ja den Beifahrerplatz eingenommen hatte. Auf dem Fahrersitz hatte gleich am Start Franz Position bezogen. Mit mehreren Pausen fuhr Franz durch bis Kiel. Hier ging es auf die Fähre. Über Nacht sollte diese alle bis nach Schweden bringen. Von dort aus war die Weiterfahrt mit dem Auto geplant.Nachtfähre, das bedeutete schlafen auf dem Schiff. Erst war Renate etwas mulmig bei diesem Gedanken. Sie dachte dabei an Schaukelei durch den Seegang, hohe Wellen und Unwohlsein, auch Seekrankheit genannt. Dann tröstete sie sich mit dem Gedanken, dass ja ihr Richard bei ihr sein würde. Der würde sie schon irgendwie ablenken. Das hatte er ihr versprochen. Nachdem das Auto auf dem Unterdeck geparkt war, wurden die Kabinenkarten verteilt. Aber was war das? Dass Franz und Franziska zusammen wohnen, war ja klar. Aber wieso zog Richard mit Edelgard zusammen? Na ja, sie war seine Schwester. Damit blieb für Renate nur ein Einzelbett in einer Extrakabine. Doch sie tröstete sich selbst mit dem Gedanken, dass es ja nur diese eine Nacht sein würde. Hoffte sie doch darauf, am Urlaubsziel ein gemeinsames Zimmer mit Richard beziehen zu können. Richard ahnte nichts von ihren Gedanken, merkte auch nicht die kleine Veränderung in ihrem Verhalten und sah noch weniger die traurigen Augen. Insgeheim dachte sie „Männer können ja so unsensibel sein!" Aber sie schluckte es herunter.
Die Nacht an Bord verging schneller als erwartet. Beim

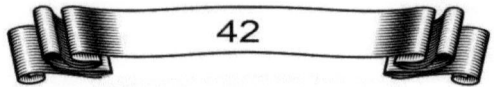

Frühstück schien die Sonne ins Fenster und auch Renates Laune hatte sich gebessert. Na ja, etwas überschlafen war schon immer von Vorteil. Das hatte ihr schon ihre Oma beigebracht. Gleich nach dem Frühstück verließen sie die Fähre mit samt Auto, Anhänger und allen Mitreisenden. Ihr grauste zwar ein wenig vor der langen Strecke, die noch vor ihnen lag, denn das Ziel befand sich ein ganzes Stück weiter nördlich. Wieder saß sie hinten in ihrer Ecke, in der sie schon am Vortag gesessen hatte. Doch der Gedanke an Pausen und eine kleine Besichtigungstour unterwegs ließen die Fahrt erträglicher werden. Auch versuchte Richard sie ein wenig aufzumuntern. So sollte sie zum Beispiel an einem Rastpunkt die Nase eines riesigen hölzernen Trolls anfassen.Richard meinte, das würde Glück bringen. Oh ja, das wünschte sie sich sehr.

Nächster Halt: die Stadt Lillehammer. Der Name war ihr vertraut. Auch wenn sie kein Sportfan war, das war damals ein Sportevent, der in allen Kanälen die Runde machte und nun stand sie selbst unter der Olympia-Fackel. Na gut, nach so langer Zeit brannte die Fackel natürlich nicht mehr. Aber Richard hatte sie hierher gebracht und sie darunter fotografiert. Renate hatte richtig Spaß an der Stadtbesichtigung und schoss eine ganze Menge Fotos, zu

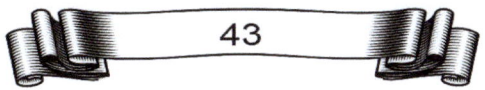

denen sie Richard sogar ermunterte. Ebenso beeindruckend fand sie die Menschen in der eigentlich recht kleinen Stadt. Sie waren sehr nett und hilfsbereit. Alle aus der Gruppe wollten nämlich gleich hier ihr erstes Geld tauschen. Richard meinte, das wäre richtig und wichtig. Er musste es ja wissen. Und die Einheimischen gaben ihnen sogar Tipps für die Bedienung des Automaten.

Die gesamte Besichtigung inklusive Geld holen, hatte etwa eine Stunde gedauert. Danach fing Richard an zu drängeln. Er hatte ja auch Recht. Sie mussten weiter. Bis zu ihrem Ziel lagen noch viele Kilometer vor ihnen und jetzt wurde es langsam dunkel. Ihr weiterer Weg führte sie durch eines der vielen hiesigen Hochmoore. Richard jammerte immer zu, weil am Straßenrand viele wunderschöne große essbare Pilze standen. Doch wegen der fortgeschrittenen Zeit konnten sie nicht anhalten. Er tröstete sich dann immer mit einer Zigarette. Auch von den anderen waren mehrere Raucher, sodass der Kleinbus bald völlig im Zigarettennebel verhüllt war. Renate als Nichtraucher störte das gewaltig. Ihre Augen begannen zu brennen und zu tränen. Auch die kurzen Pausen, die eingelegt wurden, halfen nur wenig, um den Rauch aus dem Auto zu vertreiben. Als es ihr irgendwann zu viel wurde, bat sie darum, dass das Rauchen im Auto beendet würde. Das geschah auch, doch richtig glücklich schienen die Raucher darüber nicht zu sein. Jetzt mussten mehr Raucherpausen eingelegt werden. Was die Ankunft natürlich noch weiter verzögerte. Inzwischen war Renate nicht nur von ihren tränenden Augen und dem langen Sitzen gestresst, sondern auch müde. Doch die Fahrt zog sich hin wie ein Kaugummi, der immer länger wurde. Endlich, es war schon stockdunkel, war das Ziel erreicht. Renate war am Ende ihrer Kräfte, obwohl sie doch eigentlich den ganzen

Tag kaum etwas hatte tun müssen. Sie bewegte sich nur noch rein mechanisch, fast wie ein Roboter. Jetzt nur noch den Koffer aus dem Auto holen und ab ins Bett, waren ihre einzigen Gedanken. Franz dagegen machte einen überraschend munteren Eindruck, obwohl er den ganzen Tag als Fahrer hinter dem Steuer gesessen hatte. Die Männer hängten den Anhänger ab und schoben ihn in die geplante Zielposition. Dann kamen die Koffer dran. Edelgard übernahm derweile die Zimmereinteilung im Haus. Dass Franz und Franziska zusammen ein Zimmer beziehen würden, war ja klar. Renate stand etwas verloren mit ihrem Koffer im Wohnzimmer und wartete ab. Dann der Schock! Edelgard bestimmte, dass Renate mit ihr zusammen das zweite Zimmer auf der Parterre-Ebene beziehen und Richard das Dachzimmer nehmen sollte. Richard äußerte sich überhaupt nicht. Er kletterte stillschweigend die Treppe hoch. Damit war die Zimmereinteilung für den gesamten Urlaubszeitraum festgelegt.

Was Renate in dieser ersten Nacht noch nicht, später aber täglich erlebte, war, dass Edelgard furchtbar schnarchte und mitunter auch röchelte und schnaufte. Außerdem verließ sie jede Nacht mehrmals das Zimmer, um auf der Terrasse zu rauchen. Entsprechend unruhig war auch Renates Schlaf, wurde sie doch vom Tapsen der Füße und dem Knarren der Tür jedes Mal mit wach. Mitunter fühlte sie sich morgens wie gerädert. Doch sie sagte nichts. Einzig Richard gegenüber versuchte sie sich zu öffnen. Doch er schien nicht wirklich zu verstehen, worum es ihr ging. Er versuchte sogar, ihr den Sachverhalt zu erklären und schmackhaft zu machen. Sie kapitulierte, obwohl sie wusste, dass das verkehrt war und sie in Richtung Trübsinn trieb. Aber irgendwie fühlte sie sich eingeschüchtert, unverstanden. hilflos und allein.Da war sie

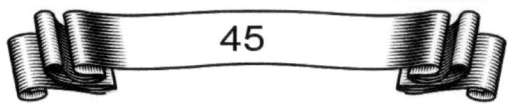

nun also in Norwegen, mit Richard und doch ohne ihn, und musste versuchen sich mit den objektiven Gegebenheiten so weit wie möglich zu arrangieren.

Franz und Richard fuhren jeden Tag hinaus zum Angeln. Klar, deshalb waren sie ja hierhergekommen. Auch Renate liebte Fisch, aber eben nicht nur den Fisch. Edelgard und Franziska kümmerten sich um die Verpflegung der Truppe. Besonders was das Kochen anging, waren die Beiden ein perfektes Team. Nur Renate blieb übrig, wusste nicht so richtig, was **sie** machen sollte und fühlte sich als das fünfte Rad am Wagen. Die Küchengespräche interessierten sie nicht besonders. Die Männer waren draußen zum Fischen und was blieb für sie? Sie spazierte zwischen den Häusern herum und entdeckte Ebbe und Flut für sich neu. Bei Ebbe stakste sie mit den Schuhen durch das Watt, auf der Suche nach etwas interessantem. Ha, Miesmuscheln, welch ein Zufall. Nun hatte sie wenigstens kurzzeitig eine Aufgabe: Muscheln sammeln für ein Abendbrot. Ob sich Richard über diesen Beitrag zum Abendbrot freuen würde? Sie hoffte und wünschte es sich insgeheim. Aber leider vergeblich, wie sie beim Abendbrot feststellen musste.

Ansonsten tat sie, was sie in jedem Urlaub tat, sie schrieb ihr Urlaubstagebuch und machte Fotos. Doch irgendwie befriedigte sie das dieses Mal nicht. Denn das war genau die Situation, die ihr einige Leute schon zu Hause vorausgesagt hatten. Sie wollte sich zwar erholen, aber trotzdem aktiv etwas tun. Deshalb fuhr sie auch mit, wenn Edelgard zum Einkaufen fuhr. Na ja, meist war sie sogar der Fahrer und Edelgard entschied, wohin die Fahrt gehen sollte. Manchmal fuhr sie auch mit beiden Frauen auf der Insel herum. Das nannte sie dann bei sich „Frauenausflug". Nicht dass es ihr nicht gefallen hätte. So kam sie wenigstens ein bisschen

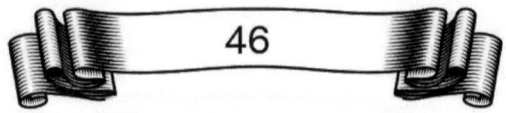

herum. Und eigentlich gab es in der Gegend auch eine Menge interessantes zu entdecken. Trotzdem war sie unzufrieden. In einem günstigen Moment, als sie einmal ein paar Minuten mit Richard allein war, versuchte sie mit ihm darüber zu sprechen. Auch er äußerte seine Unzufriedenheit, begriff aber nicht wirklich, was Renate meinte. Er sah sich als Prellbock zwischen zwei Fronten, einerseits Franz, der angeln und seiner Schwester, die viele Fische für zu Hause einfrosten wollte und andererseits dem Wunsch Renate und Franziska die Sehenswürdigkeiten zu zeigen. Irgendwie versuchte Renate, auch ihn zu verstehen. Trotzdem hoffte sie jeden Tag, dass Richard wenigstens am Abend noch ein paar Minuten mit ihr allein verbringen würde. Manchmal tat er das auch. Dann erzählte er und redete über viele Dinge. Manchmal machte er sogar spontan kleine Ausflüge mit ihr allein. Doch immer hielt er Abstand. Es gab nicht die kleinen Annäherungen, die sich Renate so sehr erhofft hatte. Nie versuchte er auch nur sie in den Arm zu nehmen, zu drücken oder mit ihr zu kuscheln. Innerlich zweifelte sie an sich, ihren und seinen Gefühlen. So manchen Abend lag sie grübelnd im Bett neben der schnarchenden Edelgard und fragte sich welches Verhältnis sie wirklich zu Richard hatte. War das Freundschaft? Oder „nur" Bekanntschaft? Sie vertraute ihm, war sich aber total unsicher wie sie ihr Verhältnis zu ihm für sich selbst beschreiben sollte. Dabei hätte sie manchmal nur eine Schulter zum Anlehnen oder ein „in den Arm nehmen" gebraucht, um glücklich zu sein. Für ihre ohnehin angekratzte seelische Verfassung war das eine ganz schlimme Situation. Sie merkte, dass sie innerlich scheinbar erfror. Die kurzen glücklichen Momente reichten nicht für ein dauerhaftes Auftauen. Und Richard schien gar nichts von all

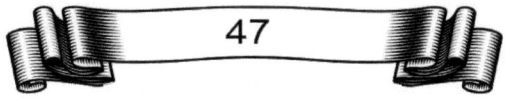

dem zu bemerken. Oder wollte er es nicht bemerken? Sie zog sich immer weiter von den anderen und in sich selbst zurück. Manchmal saß sie dann an dem kleinen Hafen vor dem Haus, ließ ihre Gedanken und ihren Blick schweifen. Sehr trübe Gedanken schlichen sich dabei in ihren Kopf, bei denen in extremen Fällen sogar die norwegischen Brücken eine nicht unerhebliche Rolle spielten. Und von denen gab es hier in der Nähe gleich mehrere. Dann erschrak sie vor ihren eigenen finsteren Gedanken. Nein, das wollte sie ja gar nicht! Sie wollte leben, aber nicht so. Als sie ihre Gedanken analysierte, hielt sie es für eine Mischung aus verletzten Gefühlen, Trauer und Heimweh. Von den Gefühlen ahnte keiner etwas, und sollte es auch nicht. Das verschloss sie tief in sich drin. Doch das Heimweh...? War es überhaupt Heimweh? Sehnte sie sich wirklich nach Hause in die Einsamkeit ihrer heimatlichen Wohnung?

In den letzten Urlaubstagen bemerkte Richard wohl doch, dass mit ihr etwas nicht so war, wie er sie sonst kannte. Zwar versuchte er kleine Glücksinseln zu schaffen, doch die waren, wie so oft in diesem Urlaub,nicht von Dauer. Ihm blieb wohl auch zu wenig Zeit für mehr. Schließlich hatte er auch eine Verantwortung allen anderen gegenüber. Das zumindest redete Renate sich ein. Oder erkannte er das wirkliche Dilemma gar nicht? Renate wollte einfach nur noch nach Hause. Deshalb freute sie sich auch riesig als es endlich so weit war. Innerlich musste sie zugeben, dass sich vieles von dem, was ihr vor der Reise prophezeit worden war, eingetroffen war. Aber sie hatte auf dieser Reise trotzdem etwas für sie ganz Entscheidendes gelernt: Norwegen ist ein weites, raues und einsames Land.

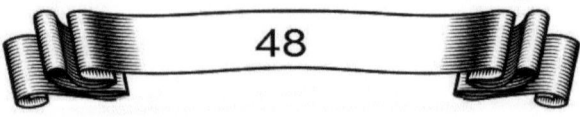

Ein Land, welches ihr eigentlich sehr ähnlich war und das sie vielleicht sogar lieben lernen konnte. Doch dazu würde sie noch viel Zeit brauchen. Richard aber, der war viel weiter weg als Norwegen. Ob er wohl jemals begreifen wird, dass Renate kein Fisch ist? Dass es mehr braucht als am gleichen Ort zu sein?
Bei der Verabschiedung stehen Beide sich gegenüber und sind sich doch ferner als je zuvor.

Herzschmerz

Herz, wer brach dich entzwei?
Wer vergiftete dich mit Lügen?
Zerbrach dich mit falschen Versprechen?
Hüllte dich in Einsamkeit?

Du tust mir weh,
so wie die Falschheit dir.

Komm, wir wollen uns verstecken.
Dort auf der Gänseblümchenwiese,
fliegen mit Pusteblumenschirmchen,
summen mit Käfern und Bienen
süßes Gras kauen
und mit Freudentränen die Wiese gießen.

Armes Herz werde gesund,
heile die Wunden mit Sanftheit,
vernähe sie mit Lachen
und stopfe bunte Träume in die Löcher.

Heile, mein Herz, heile
schüttle ab den Schlamm der Bosheit
Heile und sei frei!

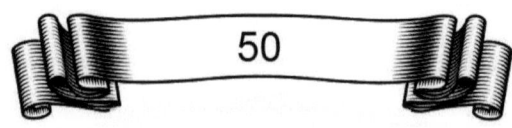

Der schlaue Fuchs

Der Fuchs ist ja ein Tier, welchem besondere Schlauheit nachgesagt wird. Besonders in Märchen und Geschichten hat Reineke, wie der Fuchs auch genannt wird, dieses Wesensmerkmal. Nun habe ich erlebt, dass er dieses auch im normalen Leben mehr als verdient. Gesehen habe ich es persönlich, als ich eines Morgens die Stadt auf der Fernverkehrsstraße Richtung stadtauswärts befuhr. Kurz hinter dem Stadtausgang bemerkte ich, wie die Autos vor mir auf der eigentlich geraden Straße alle eine Kurve fuhren. Noch konnte ich nicht genau erkennen weshalb. Allmählich rückte ich näher heran. Im Halbdunkel sah ich mittig ein Fellbündel. Im ersten Moment hielt ich es für ein überfahrenes Kätzchen oder ähnliches. Doch dann fiel das Licht meines Scheinwerfers auf das Fell. Es war rötlich und gehörte einem Fuchs. Dieser aber war alles andere als tot. Nachdem er schon etwas seitlich auf der Straße gesessen hatte, bewegte er sich flink bis zur Fahrbahnmitte. Links und rechts flutete der Verkehr an ihm vorbei. Er aber saß auf seinem Hinterteil, die Pfötchen ordentlich nebeneinander gestellt. Aufmerksam beobachtete er das Geschehen auf der Straße. Sein Kopf ging nach rechts und links, wie ein aufmerksamer Fußgänger. Dann war ich an ihm vorbei. Ich warf ihm noch ein Lächeln und einen freundlichen Blick zu. Als ich etwa eine halbe Stunde später wieder an der gleichen Stelle vorbei kam, hatte der Verkehr deutlich nachgelassen. Sofort schaute ich in die Richtung, wo der Fuchs gesessen hatte. Doch er war fort, hatte die Straße endgültig überquert und war wieder im Wald verschwunden.

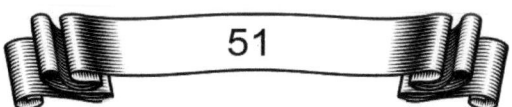

Erkenntnis

Es gibt überall so viel interessantes zu entdecken. Stets folgt dann die Frage nach dem *warum* oder nach den Zusammenhängen. Dafür haben schlaue Menschen Studien erfunden. Diese sollen herausfinden, wie was warum funktioniert oder zusammenhängt. Soweit die Theorie. In der Praxis kann das mitunter merkwürdige Blüten treiben. Eine solche Blüte habe auch ich zum Erblühen gebracht. Ich habe nämlich eine *nicht repräsentative Langzeitbeobachtungsstudie* in unserer Stadt durchgeführt. Beobachter war ich, Auswerter war auch ich. Also eine Ein-Personen- Studie. Das Ergebnis der Studie war:

2/3 der Menschen sind **Schieber**!

Das hört sich nach jeder Menge krimineller Energie an, ist es aber gar nicht. Und doch stimmt es! Aber eins nach dem anderen. Die Grundidee für die Studie war, leere Zeit zu füllen. Also beobachtete ich die Menschen, die an mir vorbei fluteten. Dabei fiel es mir zuerst auf. Nach dem ich diesen zündenden Gedanken erst einmal aus meinem Kopf herausgelassen hatte, wollte er auch mit Leben erfüllt werden. Ich sah genauer hin, beobachtete, verglich, analysierte. Und kam letztendlich zu obiger Schlussfolgerung. Doch nicht alle Schieber waren gleich. Sie konnten in unterschiedliche Altersgruppen eingeteilt werden. Da gab es junge, gemischte und alte Schieber. Die jungen schoben Kinderwagen, die Gemischten Fahrräder, Bollerwagen oder Einkaufstaschen mit Rädern. Und die alten Schieber? Na, die schoben einen Rollator!

Das erste Mal

Irgendwann ist immer das erste Mal, heißt ein schönes Sprichwort. In diesem Fall war es im Urlaub. Die Kinder und ich waren zum Urlaub ins österreichische Vorarlberg gereist. Der Göttergatte konnte uns aus Krankheitsgründen nicht begleiten, Tja, das war sein Pech!
Wir genossen einen wundervollen aktiven Urlaub in den Bergen. Die Kinder tobten sich aus. Gemeinsam nahmen wir an organisierten Wanderungen teil. Meist ging es in die Berge. Zu dieser Zeit war auch ich noch voller jugendlichem Schwung und genoss die frische Luft, die Berge und das wundervolle Panorama. Doch es wurde nicht einfach nur gewandert. Unterwegs sorgte Hans, unser Bergführer für lehrreiche und mitunter auch amüsante Einlagen. Er erklärte die Wiesenkräuter, Blumen und Bäume am Wegesrand, sowie deren nützliche Verwendung. Meist führte die Wanderung bis zu einer höher gelegenen Berghütte, wo ein deftiger Schmaus auf uns wartete.
So auch an dem Tag, der etwas ganz Besonderes werden sollte. Die Berghütte entpuppte sich dieses Mal als Scheune mit dicker Heueinlage. Mit lautem Jubelgeschrei warfen sich die Kinder der ganzen Wandergruppe hinein. Es duftete aber auch gar zu herrlich.
Inzwischen war es Nachmittag geworden. Plötzlich vernahmen wir Glockenklang. Zuerst hielten wir das für die Kirchenglocke, die aus dem Tal herauf tönte. Aber das Läuten wurde immer lauter und vor allem mehrstimmiger. Ehe wir uns versahen trabte eine Herde Kühe von den umliegenden Wiesen in Richtung Scheune. Unser Bergführer grinste. Sein Grinsen wurde immer breiter je näher die Tiere kamen. Längst waren die Kinder aus dem Heu heraus

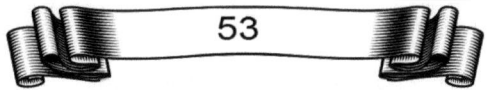

gekrabbelt und hatten sich zu uns gesellt, um ebenfalls den Anmarsch der Kühe zu beobachten. Eine nach der anderen verschwand in der Scheune, die sich damit als Stall entpuppte. Vorsichtig warfen wir einen Blick hinein. Alle Kühe hatten sich ordentlich nebeneinander aufgestellt und kauten Heu. Mitten zwischen ihnen stand Hans, unser Bergführer. Er tätschelte die Kühe, klopfte ihnen auf den Rücken und sprach mit ihnen. Und als hätten sie ihn verstanden, scherten drei Kühe aus der Reihe aus und stellten sich in großem Abstand von einander abseits der anderen auf. Jetzt verkündete Hans, dass er mutige Urlauber für eine besondere Aufgabe sucht. Mißtrauisch guckten wir uns gegenseitig an. Und ehe ich mich versah, hatten mich meine lieben Kleinen vorgeschoben. Wohl war mir nicht dabei. Aber hier vor den Kindern einen Rückzieher machen, ging auch schlecht. Während ich mit zwei anderen so da stand, hatte Hans von irgendwo Eimer und Fußbänkchen geholt. Jetzt sollten wir jeder eine **Kuh melken!** Da wir alle Stadtmenschen waren, war uns dieses total fremd. „Geht ganz einfach", meinte Hans, „Hinsetzten und strip strap strull Milch aus dem Euter"

Wo das Euter war, fanden wir ja noch. Aber jetzt auch noch die Milch herausholen? Vier Ausgänge hatte das Euter. Ich hatte zwei Hände. Hans meinte noch „Nebeneinander geht am Besten!" Wie jetzt nebeneinander? Nee, die Hände konnten nicht gemeint sein. Ach ja, die nebeneinander befindlichen Zitzen. Ich hatte doch noch nie `ne Kuh angefasst. Und schon gar nicht an dieser intimen Stelle. Beherzt griff ich zu. Das Euter war warm und weich. Aber nichts kam heraus! Ich erinnerte mich, in einem Film gesehen zu haben, dass man irgendwie ziehen muß. Ja, ja, da kam ein Tröpfchen! Ich zog gleich noch mal. Wieder ein

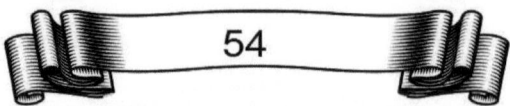

Tropfen. Wenn ich so weiter machte, war die Kuh eingeschlafen, bevor ich auch nur einen Becher Milch aus ihr heraus geholt hatte. Nur gut, dass das Tier so gutmütig war und nicht nach mir ausschlug, weil ihr die Zuppelei zu bunt wurde. Auch die anderen beiden Kandidaten stellten sich nicht viel geschickter an. Die ersten witzigen Sprüche aus der Gruppe wurden laut, alles feixte, nur wir drei kämpften. Schließlich erbarmte sich Hans und zeigte uns, wie man gleichzeitig drücken und ziehen muss. Nun entlockten wir der Kuh sogar kleine Milchstrahle und freuten uns wie die Könige. Doch mehr als einen kleinen Becher schafften wir nicht. Dann waren unsere Finger total verkrampft. Wie das nur früher die Bauern geschafft hatten? Vermutlich nur durch langjährige Übung. Andere Touristen aus der Wandergruppe lösten uns ab und versuchten ebenfalls ihr Glück. Besser als wir war deren Leistung aber auch nicht. Nur das Lästern verging ihnen dabei ganz schnell. Schließlich wurden die armen Kühe von unseren Versuchen erlöst und an die Melkmaschine angeschlossen. Wir aber wanderten den Berg hinab zur Pension.

Zurück in der Unterkunft konnten wir stolz verkünden:

*Wir haben **zum ersten Mal** eigenhändig eine Kuh gemolken!*

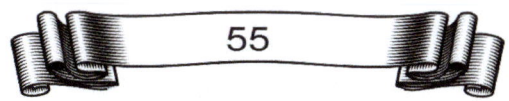

Der Sanddorn-Strauch

Unlängst fielen mir in der Stadt viele Sträucher mit kleinen gelben Früchten auf. Es waren Sanddornbüsche, die hier als Abgrenzung zwischen Fußweg und Straße angepflanzt worden waren. Es juckte mich in den Fingern einige der Früchte zu pflücken und einfach in den Mund zu stecken. Doch hier in der Stadt war es nicht dasselbe wie damals. Damals, das waren die siebziger Jahre. Damals, das war DDR. Damals, das war Jugend, Studium und...ja, eben Sanddorn.

Ich setzte mich auf eine Bank und ließ die Gedanken zurück reisen in eben diese siebziger Jahre. Damals war ich gerade im zweiten Studienjahr. Dieses Jahr war etwas ganz besonderes. Denn nicht das gesamte Studienjahr war mit Lernen gefüllt. Eine Etappe hieß *vormilitärische Ausbildung.* Das war eben damals so üblich. Diese fand geschlechtergetrennt statt. Die Jungen fuhren, wenn ich mich recht erinnere, nach Seeligenstädt. Und wir Mädchen zogen gen Norden, nach Glowe. Das liegt auf der Insel Rügen. Zeitlich gesehen fand das Ganze so im Zeitraum Oktober statt und dauerte sechs Wochen. Wir tauschten für diese Zeit unsere Zivilkleidung gegen eine Uniform und Stiefel und das Denken an schulische Probleme schalteten wir ab. Klar hatten wir auch theoretische Unterrichtseinheiten, in denen gerechnet, gemessen und diskutiert wurde. Aber ehrlich, so ganz ernst nahm das keiner von uns. Für uns war es einfach nur eine andere Art von Auszeit vom Studium.

Wir waren viel in der Natur. Es wurde marschiert, gerannt

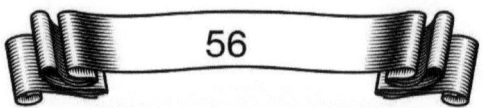

und militärische Übungen durchgeführt. Einige Unserer Lehrer wurden zu militärischen Führern und unterwiesen uns. Die Geländemärsche dauerten meist mehrere Stunden. Pausen wurden unterwegs gemacht, meist nur kurz oder wenn wir auf fußlahm machten. Natürlich wurden auch diese Pausen sinnvoll genutzt. So lernten wir unter anderem auch Schlehen und den Sanddorn kennen. Bei unserer Pause waren wir nämlich gerade in der Nähe eines solchen Strauches. Na ja, eigentlich war es eine ganze Strauchgruppe. Interessiert erkundigten wir uns, was das für Beeren seien, die da zwischen den Dornen gelb hervor leuchteten. Unser Führer, erfreut darüber, dass wir uns dafür interessierten, begann gleich einen ganzen Vortrag. Von diesem behielten wir eigentlich nur, dass es sich um Früchte mit hohem Vitamingehalt handelt und diese auch roh verzehrt werden können. Aber erst nach dem ersten Frost! Nun, den hatten wir ja am Vortag. Ergo, die Beeren können gegessen werden. Wir stürzten uns auf die Sträucher. Der erste Kontakt bereicherte uns um die schmerzhafte Erfahrung mit den Dornen. Danach stellten wir uns geschickter an. Bald hatte jeder eine reichliche Hand voll Früchte geerntet. Jetzt ging es an das Verkosten. Iihi... die Beeren waren ja quietschsauer und hinterließen ein pelziges Gefühl auf der Zunge! Das hatten wir nicht erwartet. Wir hatten mit einem süßeren Ergebnis unserer Mühen gerechnet. Tapfer kauten wir die gepflückten Beeren. Nach den ersten Bissen wurde es besser. Wahrscheinlich hatte sich unser Gehirn nun auf sauer eingestimmt und befand es als gut. Das veranlasste uns zu einer zweiten Hand voll Früchte zu greifen. Danach wurde leider der Befehl zur Marschfortsetzung gegeben. Mit tiefem Bedauern verließen wir den Ort der schmackhaften Erfahrung.

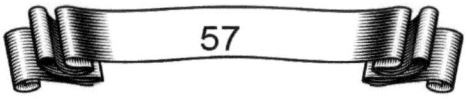

Am Abend wandelte sich dieses Bedauern jedoch gründlich. Die Beeren waren nun am entgegengesetzten Körperende angekommen. Es wurde eine sehr unruhige, bewegte Nacht. Am nächste Morgen fand sich die Truppe geschlossen im Med-Stützpunkt ein, zur Entgegennahme von Kohletabletten .

Faulheit – Eine philosophische Betrachtung

Neulich wurde mir mal wieder alles zu viel. Mal so richtig faul sein, das wäre jetzt richtig, dachte ich so bei mir. Aber wie ist man richtig faul? So wie das Faultier, welches den ganzen lieben langen Tag am Baum hängt, kopfüber? Nee, das wäre nichts für mich. Soll ja auch furchtbar ungesund sein, so mit dem Kopf nach unten zu hängen. Aber wie dann? Einfach nur so auf dem Sofa liegen, völlig bewegungslos? Arme und Beine dürfen sich keinen Millimeter rühren, nicht einmal um zum Beispiel nach den Erdnussflips zu greifen. Da würde ich mich ja schon wieder bewegen. Das wäre gegen das Prinzip Faulheit. Also ich glaube, das wäre auch nicht das Richtige. Zum Einen würde es mir furchtbar schwer fallen, länger als zwei Minuten so still zu liegen. Dann begänne es garantiert an irgendeiner Stelle zu krabbeln. Und wenn es krabbelt muss man sich kratzen. Schwupp, schon wieder Bewegung! Oder die Liegestellung wäre so unbequem, dass ein Körperteil einschläft. Auch nicht das Wahre. Zum Anderen ist da ja noch die Sache mit der Ernährung. Bewege ich mich nicht, greife ich auch nicht nach etwas Essbarem. Esse ich nichts, verhungere ich irgendwann. Oder ich verdurste. Alles keine erstrebenswerten Perspektiven. Also die Sache mit der Faulheit ist schwieriger als gedacht. Wie ist man denn nun *richtig* faul?

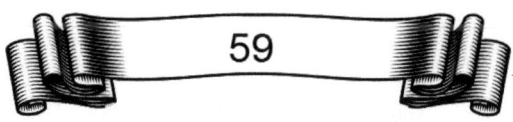

Freud und Leid

Dies ist die Geschichte der Entstehung meines ersten Buches. Sie ist wie eine Straße, mit vielen Schlaglöchern. Alles begann mit meinem Eintritt in den Schreibzirkel. Wenn ich es mit geschichtlichen Ereignissen vergleichen würde, das handelt es sich dabei um die moderne Variante des „Zirkels schreibender Arbeiter". Hier treffen sich Hobbyschriftsteller unter der Federführung eines erfahrenen Schriftstellers oder Pädagogen, sprechen über ihre Lust am Schreiben, tauschen Erfahrungen aus und lesen sich gegenseitig bereits geschaffene Texte vor. Über diese wird dann gesprochen, man erhält Tipps für Verbesserungen oder Lob, wenn das Werk gelungen ist.

Vor einigen Jahren kam auch ich mehr oder weniger durch Zufall in diesen Kreis. Die offene, aufgeschlossene Atmosphäre sorgte dafür,dass auch mich die Muse nun fast regelmäßig küsste. Zunächst einmal aber galt es, für mich selbst die richtige Form der schriftlichen Darstellung dessen zu finden, was ich den Leuten sagen wollte. So fand ich zum einen heraus, dass ich meine Aussagen am Besten in der Form kurzer Geschichten mit humorigen Darstellungsformen aufschreiben konnte. Zum anderen merkte ich, dass ich nur dann etwas Sinnvolles zu Stande brachte, wenn ich über Dinge schrieb, die mir etwas sagten, zu denen ich auch etwas zu sagen hatte oder die in irgendeinem Bezug zu meiner eigenen Person standen. Viele Geschichten entstanden so in relativ kurzer Zeit. Ich war manchmal sogar über mich selbst erstaunt, was mir da so alles einfiel. So war es nicht verwunderlich, dass der Gedanke in mir reifte, auch anderen Leuten mit meinen Texten etwas erzählen zu können. Ich wollte zwar nicht gleich nach den Sternen greifen, aber wer strebt nicht nach Anerkennung, wenn er meint, sie auf diese Weise erringen zu können. Deshalb genügte mir das Vorlesen im kleinen Kreis bald nicht mehr. Ich suchte nach einer Möglichkeit meine Texte in die Öffentlichkeit zu bringen. Zuerst versuchte ich es mit der Tagespresse. Sehr oft hatte ich darin Geschichten gelesen, die von Lesern geschrieben worden waren. So etwas konnte ich doch auch! Anfragen bei großen regionalen Tageszeitungen brachten aber immer eine Abfuhr. Musste ich also kleinere Brötchen backen. Unser Wochenblättchen kam mir in den Sinn. Hier endlich hatte ich Glück. Sie nahmen meine Texte, wenn auch nur in gekürzter Form und unter der Rubrik *Was Leser schreiben*. Doch es war ein Anfang. Ich hatte sozusagen „Blut geleckt". Nach diesem Anfang sollte aber weiteres folgen. Durch die Fürsprache unserer Kursleiterin (Medizin B wie Beziehungen ist auch heutzutage in) gelang es mir dann sogar, einen Artikel in einer der großen regionalen Zeitungen unter zu bringen, die vorher nichts von mir hatten hören wollen. Allerdings fiel ein Wermutstropfen in diesen Erfolg als sie mich durch die Blume wissen ließen, dass so etwas doch bitte nicht zur Häufigkeit führen sollte.

Durch die Erfolge anderer Kursteilnehmer ermutigt, entschloss ich mich dann einige Zeit später, andere Wege zu gehen. Hatten diese ein Buch zustande gebracht, so sollte mir das doch sicher auch gelingen. Dazu beendete ich zunächst alle Aktivitäten in unserem Wochenblättchen. Die dort in verkürzter Form erschienen Sachen wurden wieder auf Originallänge gebracht und in einem Hefter gesammelt.

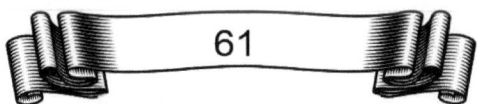

Neue Geschichten kamen hinzu, ebenso zwei kleine Gedichte. Hoppla, auf einmal hatte ich mehr als fünfzig Texte zusammen. Das könnte schon für ein Büchlein ausreichen, dachte ich so bei mir. Ich ging also auf die Suche nach einem Verlag, der es mir drucken würde. Die Buchmesse in Leipzig schien mir der angemessene Ort zu sein, um einen Verlag zu finden. Jetzt aber musste ich erkennen, was es eigentlich für eine Verlagsvielfalt gab. Auch die Programme, Inhalte und Zielgruppen waren recht unterschiedlich. Ach, wenn ich doch nur *eine Geschichte in einem der vielen Bücher* unterbringen könnte, dachte ich so bei mir. Für diesen Zweck hatte ich auch Leseproben vorbereitet, die ich verschiedenen Verlagen anbieten wollte. Nach längerem Suchen fand ich auch einige Verlage, die nicht abgeneigt schienen. Doch alle wollte eine finanzielle Beteiligung an den Druckkosten. Das wollte schon genau überlegt sein. Meine finanziellen Mittel hielten sich da in sehr engen Grenzen.

Nach dieser Aktion sprach ich in unserem Zirkel darüber. Sie rieten mir zu einem ganz anderen Verlag. Dieser entsprach viel mehr meinen Vorstellungen *und* meinem Geldbeutel.

Um ganz auf Nummer Sicher zu gehen, fuhr ich dort gleich persönlich vorbei, lang er doch von meinem Wohnort nur 40 km entfernt. Außerdem konnte ich mir so gleich einen ersten Eindruck verschaffen.

Da es ein eher kleiner Verlag mit wenigen Räumlichkeiten war, schien ich beim Öffnen der Tür gleich mitten im Auslieferungslager zu stehen. Der ganze Raum war angefüllt mit Bücherstapeln. Nur wenige schmale Gänge zum Hindurchlaufen waren noch frei geblieben. Auf einem dieser Gänge eilte mir eine junge Frau entgegen, die ich für die Verlagsleiterin hielt, bei welcher ich mich für den Besuch angemeldet hatte. Auf Nachfrage stellte sich aber heraus, sie

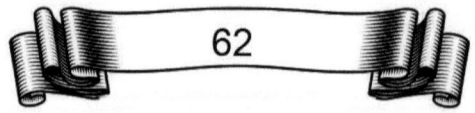

war nur die Assistentin. Doch sie begleitete mich an die richtige Stelle, ins Büro der Chefin. Dort führte ich mein Gespräch und wir wurden uns rasch einig.

Von nun an nannte ich meine gesammelten Texte **Manuskript**. Ehrgeizig wie ich war, sollte mein Erstling besonders gut werden. Die blanken Texte allein reichten dafür aber nicht aus. Es sollten noch ein paar illustrierende Bilder hinzu kommen. Zu diesem Zweck sprach ich einen guten Bekannten an, von dem ich wusste, dass er ein guter Zeichner war und auch schon eigene Ausstellungen gestaltet hat. Er sagte auch zu. Ich dachte, wenn ich ihm mehr als einen Monat Zeit dafür gebe, wäre das ausreichend. Das hielt ich für viel Zeit. Der Monat verstrich, nichts passierte. Ich wurde unruhig. Auf Nachfrage bat er um noch ein wenig Zeit, da er ja noch berufstätig sei und es noch nicht geschafft habe. In meinen Augen klang das nach zwar angefangen aber noch nicht fertig geworden. Was sich aber als Irrtum heraus stellte. Er hatte noch nicht einmal die Texte gelesen, die er illustrieren sollte. Frustriert und auch ein wenig enttäuscht gab ich mein Manuskript zum vereinbarten Termin ohne die Zeichnungen ab, in der Annahme damit den geplanten Herausgabetermin einhalten zu können. Der Erscheinungstermin rückte immer näher, ohne dass irgend eine Reaktion vom Verlag kam. Langsam wurde ich doch unruhig. Nach himmelhoch jauchzend kam nun die „zu Tode betrübt – Phase". Nichts schien so zu klappen, wie ich es mir ausgemalt und gewünscht hatte. Vom Verlag erfuhr ich, dass es an den fehlenden Zeichnungen liege, die nun von einem verlagseigenen Zeichner erstellt werden sollten. Der Erscheinungstermin verschob sich damit um voraussichtlich vier Wochen. Na gut, dachte ich bei mir, da kann ich erst einmal in Ruhe in Urlaub fahren. Doch auch nach dem

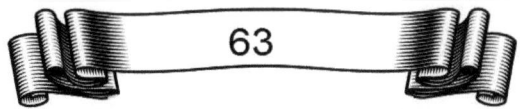

Urlaub nur schweigen im Wald, Entschuldigung, im Verlag. Du musst geduldig sein, sagte ich mir immer wieder. Es gibt bestimmt wichtige Gründe dafür.

Der Sommer verging, der Herbst hielt Einzug, noch immer wartete ich. Wäre ich ein Mann, so hätte mein Bart schon das Stadium eines ausgewachsenen Vollbartes erreicht. Da, endlich ein Lebenszeichen! Der Verlag schickte mir ein Probeexemplar meines Buches mit der Aufforderung die Bildauswahl zu prüfen. Nach so einer langen Wartephase hatte ich eigentlich mehr erwartet, doch um die Sache voran zu bringen, äußerte ich diesen Gedanken nicht laut, sondern gab mein okay. Wieder gingen Wochen ins Land. Im nun folgenden Brief wurde ich aufgefordert den Text auf Fehler durchzusehen und diese gegebenenfalls zu korrigieren. So etwas hatte ich noch nie gemacht. Es widerstrebte mir auch in dem schönen sauberen Buch herum zuschreiben. Also nahm ich ein Blatt Papier und schrieb das Gewünschte darauf. Im Buch selbst hatte ich nur ganz klitzekleine Vermerke auf diese Korrekturstellen hinterlassen. Wieder schickte ich das Buch zurück, in der Hoffnung nun bald das fertige Werk in den Händen halten zu können. Nach weiteren Wochen des Bangens traf ein doppelt so dicker Brief wie zuvor bei mir ein. Diesmal enthielt er **zwei** Bücher. Doch herrje, wie sah das eine davon aus? Ganz viele dicke rote Zeichen und Anmerkungen, fast wie ein schlechter Schulaufsatz. Erneut sollte ich jetzt in dem zweiten Buch eine Korrektur der Korrektur vornehmen. Diesmal war ich mutiger. Da es nun schon die insgesamt dritte Korrektur war, wurde mir klar, dass auch ich **in** das Buch schreiben und meinerseits Korrekturen darin vornehmen durfte. Nach dem dieses erledigt war, sandte ich es erneut an den Verlag

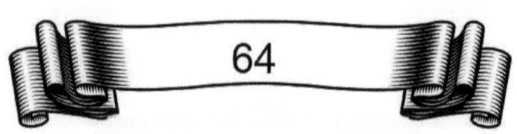

zurück. Wieder hoffte ich, nun alles dafür getan zu haben, dass mein Baby endlich das Licht der Bücherwelt erblicken konnte. Aber es folgte **noch eine weitere Runde Korrekturlesen.** Nun war es aber endgültig genug! Inzwischen begann der der Herbst dem Winter zu weichen. Die Uhr des Jahres war kurz vor ihrer zwölften Runde angekommen. Nach mehreren Telefonaten und Korrekturlesungen war es nun endlich so weit. Der erlösende Anruf: *Ihr Buch ist jetzt in der Druckerei. Wenn sie wollen, können sie es morgen abholen.* Schon lange habe ich mich nicht mehr so gefreut. Doch erst jetzt beginnt der Härtetest, Lesungen, Buchbesprechungen usw. Jetzt muss sich zeigen, ob sich die ganze Arbeit und das lange Warten gelohnt haben.

Gedankensplitter

Gedanken sind wie Schmetterlinge
leicht und unbeschwert flattern sie in unserem
Kopf herum.
Ihr Leben dauert nur einen Wimpernschlag
und doch wiegen sie manchmal mehr als Gold.

Sind wir uns manchmal nicht selber fremd,
wenn die Gedanken seltsame Wege gehen?
Und sind wir gespaltene Persönlichkeiten,
weil das Herz jünger ist als seine Hülle?

Wer vermag zu entscheiden,
was wahr ist und was falsch?
Hat nicht jeder seine eigene Wahrheit,
gültig nur für ihn?

Die Macht der Werbung

Welch große Macht die Werbung ausübt, hat sicher jeder schon einmal erfahren. Egal in welcher Form. Sie ist eingängig für Auge und Ohr und noch so manchen anderen unserer Sinne. Zum Beispiel wenn für ein Auto, ein Waschmittel oder eine Versicherung geworben wird. Es sind eigentlich immer Sachen, die zwar nicht das eigentliche Produkt betreffen, sondern das „schmückende Beiwerk", die uns ansprechen und uns irgendwie zurufen *Kauft, Kauft*! Dazu gab es sogar mal einen ganzen Film. Zugegeben, es war ein Sience Fiction-Film. Darin ging es ebenfalls ums Werben und Kaufen. Wie die Hauptdarsteller deutlich machten, waren die Kaufbotschaften hintergründig auf den Geldscheinen und in ultraminikurzen Einblendungen im Fernsehen versteckt, in sogenannten „Standbildsequenzen". War nicht schlecht der Film, vor allem regte er zum Nachdenken darüber an, welche Macht Medien unterbewusst auf jeden von uns auszuüben im Stande sind. Und weil diese Macht so intensiv ist, gehen wir ihr häufig auf den Leim. Nun spreche ich schon die ganze Zeit von Werbung und ihrer Wirkung und habe dabei doch nur eine Seite der Medaille beleuchtet, den Zusammenhang zwischen Werbung und Kauf. Doch es gibt noch eine andere Seite. Vielleicht sollte jeder von uns einen kurzen Moment inne halten und nachdenken, was damit wohl gemein sein könnte. Ich sehe schon, über den gekräuselten Stirnen große Fragezeichen wie bunte Luftballons schweben. Wozu könnte Werbung noch animieren? Na zum **Verkaufen!** Kommt

jemandem vielleicht der Werbespruch *Drei, zwei, eins....meins* bekannt vor? Klar, in erster Linie wollen auch die Macher dieses Spots, dass **ge**kauft wird. In zweiter Linie sollte man aber auch bedenken, dass dieses eine Möglichkeit zum *Verkaufen* ist. Nun, heraus bekommen, was ich meine? Ist doch ganz einfach. Es geht um **Ebay!** Eine riesige Internetplattform für Käufe und Verkäufe aller Arten von Dingen, ein Internet-Auktionshaus. Ich muss zugeben, auch wenn ich sonst gegen viele Arten von Werbebotschaften immun bin, diese hat auch bei mir Wirkung gezeigt. In erster Linie in der Form, dass ich viele Dinge sinnbringend los bekomme, die ich nicht mehr brauche.

Angefangen hat es damit, dass wir unsere Garage von den vielen alten Kinderspielsachen entleeren mussten. Da sie noch recht gut waren, tat es mir einfach leid, sie weg zu werfen. Wo möglich hatte ja noch jemand Verwendung für das eine oder andere gute Stück. Da die eigenen Kinder sehr sorgsam mit ihren Sachen umgegangen waren, war vieles noch recht gut erhalten. Zum Wegwerfen eben einfach zu schade. Der Teddy, die Rennbahn und die Würfelspiele hatten Besseres verdient als den Flug in die Mülltonne. Wie ich also so vor dem Fernseher sitze und noch darüber nach grüble, wie ich wohl besser damit verfahren könnte, flimmert natürlich prompt die passende Werbebotschaften auf der Mattscheibe. Eben dieses „Drei, zwei, eins..meins". Im Hirn machte es *bing!* Eine imaginäre Lampe ging an und schon war ich mittels einer Werbung eingefangen.

　　　　　Zum Glück hatten mich meine Kinder schon so weit geschult, dass ich problemlos in der Lage war, den familieneigenen Computer zu benutzen. Also nichts wie angeschaltet, die entsprechende Seite aufgerufen,

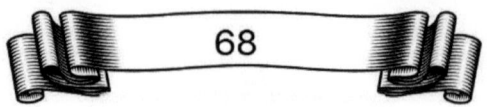

angeklickt und schon konnte es los gehen. Das war vor drei Jahren. Damals war ich noch so naiv zu denken, die paar Spielsachen wären bald verkauft, weil sich ja alle immer um Ebay-Ware reißen. So sah das ja in der Werbung immer aus. Aber denkste! Nicht nur, dass gar nicht alles immer gleich verkauft wurde, es gab auch gewisse Regeln einzuhalten. So zog sich das Ganze mächtig in die Länge. Mal abgesehen davon, dass man dabei gar nicht so zu Reichtum kommt wie es den Anschein hat. Mittlerweile aber hatte ich Blut geleckt. Es fing richtig an Spaß zu machen. Hatte ich dann das eine oder andere Teil verkauft, ging es ans Verschicken. Ich lernte Ortsnamen kennen, von denen ich früher nicht einmal entfernt gehört oder gelesen hatte. Manchmal fragte ich dann auch die Käufer meiner Waren, wo dieser Ort denn eigentlich liegt. Nun sag noch einer Werbung sorge nicht auch für Bildung. Mittlerweile hat es mich so heftig gepackt, dass ich sogar auf Trödelmärkten Sachen billig einkaufe, dann für Ebay aufbereite und anschließend dort zum Verkauf anbiete. Besonders spannend ist es, dann die letzten Minuten vor Ende einer Versteigerungsrunde vor dem Computer zu sitzen und zu beobachten, ob und wie sich andere um bestimmte Sachen reißen. Manchmal muss ich mich sogar schon selber bremsen damit es nicht in einen Rauschzustand ausartet, dieses ganze Versteigern, Beobachten und Mitfiebern. Das ist dann der Punkt, den die Werbung immer zeigt, mit den Leuten, die nicht mal zum Essen den Platz verlassen, um ja nichts zu versäumen. Das ist aber fast der einzige Punkt an dem die Werbung ausnahmsweise mal recht hat.
Jetzt bin ich sogar schon so weit, dass ich mir selber neue Versteigerungsbereiche erobere. Nicht etwa wegen dem schnöden Mammon, dem Monster Geld, dem Moloch Gier und Raff, nein, nur um des Spaßes willen. Ganz schön blöd

was? Da mach ich mir erst einen Haufen Arbeit Sachen zu finden, nur um sie dann wieder zu verkaufen. Tja, in Abwandlung eines Spruches des alten Jedi-Ritters Obi wan Kenobi könnte man sagen:

Möge die Macht der Werbung mit dir sein!

Nachdenklichkeiten

Wenn der Abend in die Nacht über geht und seinen Schattenschleier auf die Straßen und Häuser wirft, dann erwacht die Dame Phantasie und gaukelt unserem Auge die merkwürdigsten Bilder vor .Hausdächer werden zu fliegenden Drachen oder scheinbar schwerelos durchs Wasser gleitenden Rochen. Bäume werden unwirklich geformte Riesen, in Büschen hängende Nebelschleier grazile Elfen. Momentaufnahmen von Gebilden,alle völlig verschieden von ihrer wahren Erscheinung. Und doch sind sie in der Lage uns zu ängstigen, zu erschrecken oder zum Lachen zu bringen, abhängig von unserer Stimmung und der jeweiligen psychischen Tagesform.
Auch mir passiert es des öfteren, dass ich Dinge zu sehen glaube, die eigentlich gar nicht da sein sollten. Dabei bin ich meiner Meinung nach völlig gesund und im Vollbesitz meiner geistigen Kräfte. Ich will das mal an einem Beispiel erklären: Da habe ich also Nachtschicht. Es geht auf das Schichtende zu. Langsam setzt Müdigkeit sich in den Augenwinkeln fest. Doch ich kann und darf noch nicht schlafen, nicht im Auto

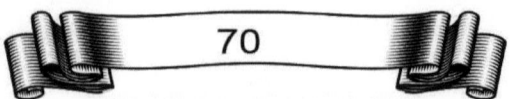

und schon gar nicht wenn ich noch die Verantwortung für meine Fahrgäste habe. So versuche ich also mein Schlafbedürfnis zu unterdrücken indem ich mich mit den Gästen unterhalte oder Augenbewegungen nach allen Seiten vollführe. Dabei passiert es mitunter, dass die Augen völlig willensunabhängig anfangen wie wild im Kopf herumzurollen und ich Dinge sehe, die nicht da sind. So laufen plötzlich imaginäre Rehe über die Straße,oder es tauchen Fahrzeuge auf. Also Situationen, die Gefahr signalisieren und mich zur Vorsicht mahnen. Dann weiß ich, es ist höchste Zeit für den Feierabend.

Wie ich die Wende erlebte

Es war Donnerstag. Ein ganz stinknormaler gewöhnlicher Donnerstag. Ich glaube das Wetter war auch eher auf Trübsinn geschaltet, eben November. Wie gewöhnlich kam ich gegen 16.00 Uhr von der Arbeit. Zu Hause warteten die Kinder, um mir von der Schule zu erzählen, meine Mutter wollte irgendwelchen Tratsch über die Nachbarn loswerden und meinen Mann interessierte am Meisten, was es zum Abendbrot geben sollte. Gewöhnlicher Alltagskram eben. Beim Abendbrot lief der Fernseher. Es wurde von ich weiß nicht was gesprochen. Eigentlich lief der Fernseher mehr im Hintergrund, im Vordergrund waren die Abendbrotgräusche. Messer klapperten, mein Sohn versuchte einen Witz zu erzählen, den er in der Schule gehört hatte. Das ging, wie meistens, daneben, weil er immer die Pointen versaute. Mein Mann schlürfte, weil die Suppe wieder zu heiß war. Also alles wie gehabt.

71

Obwohl also der Fernseher lief, achtete keiner so richtig auf das, was dort geredet wurde. Es wurde ja so viel geredet. Darüber entging uns auch, dass an diesem Tag etwas gesagt wurde, was eigentlich wie eine Bombe einschlug. Erst am nächsten Morgen, als im Radio gesagt wurde, dass die Mauer gefallen wäre und die Grenze offen sei, drang es auch in mein Gehirn. Auf Arbeit war es natürlich *das Thema des Tages*. Vorallem deshalb, weil auch einige Kollegen plötzlich fehlten. Sie seinen nach Berlin gefahren, hieß es, um selber zu sehen, was da passiert ist. Jedenfalls benahmen sich an diesem Tag alle als wäre Weihnachten plötzlich auf den gleichen Tag verlegt worden wie Silvester und Ostern und Geburtstag. Man konnte die Stimmung förmlich knistern hören. So schnell es ging stürmten alle am Feierabend nach Hause. Ich natürlich auch. Dort wartete schon ganz aufgeregt meine Mutter auf mich. Am Abendbrottisch platzte sie plötzlich heraus:" Na, dann werden wir morgen alle zusammen Onkel Thomas besuchen fahren!" Mein Mann machte die bekannte Piepmatz-Geste, ich guckte als hätte sie von einem Flug zum Mond gesprochen, nur die Kinder waren gleich ganz aus dem Häuschen. Den Onkel, den bisher nur Oma besuchen durfte, der „im Westen" wohnte, den wollten wir besuchen? Da ich schon immer nahe am Wasser gebaut hatte, heulte ich los wie ein Schlosshund. Tja, bei dramatischen oder aufwühlenden Momenten, passiert mir so etwas leider öfters. Na und wenn das kein dramatischer Moment war, dann weiß ich auch nicht. Doch merkwürdig, im ersten Moment fielen mir im Zusammenhang mit dem Namen Thomas Dinge ein, die lange zurück lagen. Thomas, mein Cousin Thomas, mit dem ich mehrere Jahre zusammen aufgewachsen war, mit dem ich mich um Bonbons gezankt hatte, die ich sonst nie gegessen hätte.

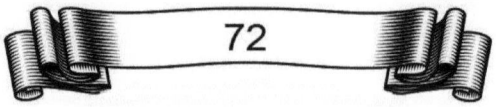

Thomas von dem es irgendwann hieß, ich hätte keinen Cousin mehr, der nicht mehr existierte obwohl er lebte. Thomas, der Galgenstrick, den meine Oma mit dem Ausklopfer an die Hausaufgaben prügeln musste, weil er zu faul war, sie zu erledigen. Thomas, der so toll Gitarre spielen konnte. Das und noch vieles mehr purzelte mir in diesem Moment durch den Kopf. Den sollte ich jetzt also ganz einfach so besuchen fahren. Von meiner Mutter wusste ich, dass er zwei Jahre zuvor offiziell mit Ausreiseantrag und irgendwie über die Kirche nach Westberlin gezogen war. Da sie schon Rentnerin war, hatte sie ihn dort bereits einige Male besucht. Sie wusste also, wo er zu finden war. Eben dieser Thomas durfte nun auch für uns wieder unter den Lebenden weilen und wenn mir so war, konnte ich zu ihm fahren, um ihn zu besuchen. Andererseits war ich auch skeptisch und neugierig. War die Grenze vielleicht nur kurzzeitig geöffnet worden? Kann ich einfach so hin und natürlich auch wieder zurück? Mutters Worte hatten uns alle so in helle Aufregung versetzt, dass wir beschlossen alle zusammen gleich an diesem Wochenende hinzufahren. Samstagfrüh setzte ich mich also mit Mann, Kindern und Mutter in den völlig überfüllten Zug und fuhr nach Berlin. Im Zug herrschte eine merkwürdige Stimmung zwischen Euphorie , Freudentaumel und zweifelnder Skepsis. Es wurde gelacht und gesungen, wildfremde Leute umarmten sich und diskutierten aufgeregt. Die zweistündige Zugfahrt schien dadurch zu Minuten zusammenzuschrumpfen. Plötzlich standen wir auf dem Bahnhof in Berlin/Schöneweide. In Richtung S-Bahn wurden wir mehr geschoben, als wir liefen. Ich musste nur aufpassen, dass keiner aus der Familie verloren ging. Wir erreichten den S-Bahnhof Friedrichstraße. Von hier aus ging es nun in

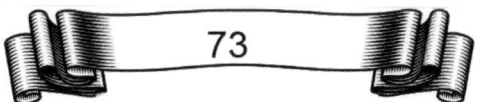

Richtung „Westen". Meine Mutter, die diesen Weg zuvor schon einige Male hatte gehen dürfen, führte uns. Auch hier Massen über Massen von Menschen. Wie im Trance quetschten wir uns alle gemeinsam in die hoffnungslos überfüllte S-Bahn, die in eine für uns völlig fremde andere Welt fuhr. Wie gut, dass Mutter sich ein wenig auskannte und an der richtigen Station das Zeichen zum Aussteigen gab. Und plötzlich war ich „im Westen"! Wieder stand das Wasser in den Augen nahe der Überlaufrinne. Ich war halb wie betäubt. Wie es hier roch! Schon das war ungewöhnlich, fremd und ...ach, ich konnte es nicht mit Worten beschreiben. Als wir den Bahnhof verließen, standen überall am Straßenrand LKWs mit hochgeklappter Ladeplane. Von allen Seiten kamen Dinge geflogen: Kaffeepäckchen, Orangen, Bananen, Bonbons und andere Dinge. Die Kinder wussten gar nicht wie ihnen geschah. Unverhofft drückte ihnen jemand Spielzeug in die Hand. Ehe sie richtig „Danke" sagen konnten, zerrte Mutter uns schon weiter. Obwohl die Wohnung meines Cousins nur wenige Minuten Fußweg von der S-Bahnstation entfernt lag, dauerte es eine halbe Ewigkeit, bis wir sie erreicht hatten. Immer neue Eindrücke schienen uns festhalten zu wollen. Wir kamen nur schwer voran.
Endlich hatten wir unser Ziel erreicht, die Straße, die Wohnung meines Cousins und seiner Familie. Das war ein Wiedersehen! Wir lagen uns in den Armen, heulten schon wieder und verbrauchten Unmengen von Papiertaschentüchern, um nicht die Wohnung mit Tränenwasser zu überschwemmen. Beim Kaffeetrinken gab es viel zu erzählen. Neben den alten Kindergeschichten, über die sich vor allem seine Frau und seine Tochter köstlich amüsierten, musste er natürlich auch über seine Jahre in

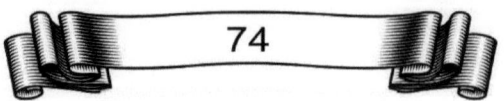

Westberlin erzählen. Dazu tranken wir jede Menge Sekt, bis alle einen kräftigen Schwips hatten. Wir sprachen darüber, wie es nun in Zukunft werden würde, stellten Mutmaßungen über die weitere Entwicklung an und sprachen davon, dass nun alles besser oder zumindest anders werden würde. Tja, rosa-rot war diese neue Welt damals für uns. Wir kamen uns vor wie Alice im Wunderland. Doch wie sehr sich dieses Wunderland noch ändern würde, ahnte damals keiner von uns.

Sie sterben nie aus

Jeder wird sich sicher fragen, welche Rasse da **nicht** vom allgemeinen Aussterben der Arten bedroht ist. Doch dazu muss ich etwas weiter ausholen. Darauf gestoßen wurde ich durch einen seltsamen Zufall, in einem Gespräch, welches sich zu Beginn um Grippeviren drehte und bei der Bürokratie endete. Irgendwo dazwischen passierte es. Ich weiß heute nicht mehr genau wie und wann. Doch wir landeten beim Thema Ritter. Nicht weit davon entfernt lagen dann auch die Themen Mittelalter, Burgfräulein, Knappen, Keuschheitsgürtel und noch einige mehr.
Doch bleiben wir einmal bei den Rittern. In schweren eisernen Rüstungen ritten sie auf ihren Pferden durchs Land und sorgten für Recht und Ordnung, auf die Weise, wie sie eben jene Themen verstanden. Es waren zumeist hochgestellte oder adlige Personen, die vom König für

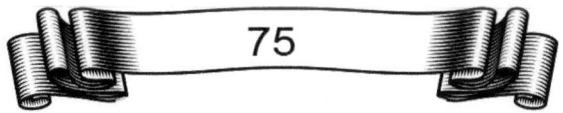

besondere Leistungen in den Ritterstand erhoben wurden. So zumindest wird es in vielen Filmen zu diesem Thema dargestellt. Sie kämpften gegen Feinde des Landes, für die Ehre ihrer Damen und in Märchenfilmen sogar gegen Drachen und andere Sagengestalten. Später wurde dieser Begriff dann nur noch im übertragenen Sinn verwendet, eben wenn ein Herr sich für eine bestimmte Sache besonders einsetzte.

Und dann waren da noch die sogenannten Raubritter. Ebenso im Ritterstand wie die positiven Helden,stellten sie die negative Seite dieses Standes dar. Mordend und brandschatzend zogen sie durch die Lande, alles einverleibend, was nicht niet- und nagelfest war. Auch sie hatten natürlich ihr Gefolge, welches treu zu ihnen hielt. Aber nur deshalb, weil so mancher gute Happen für sie bei den Aktionen abfiel.

So weit zum geschichtlichen Teil der Sache, die aber im anfangs erwähnten Gespräch gar nicht zur Sprache kam. Diese Hintergrundinformationen spulten währenddessen irgendwo im Kopf ab. Wir waren ja im Zusammenhang von Bürokratie und aussterbenden Arten auf dieses Thema gekommen. Plötzlich stellten wir fest, dass es auch in der heutigen Zeit noch Ritter und auch Raubritter gibt. Heute aber sehen sie anders aus, kleiden sich nicht mehr in Rüstungen aus Eisen. Schwert und Schild haben auch eine Wandlung durchlaufen. Wie aber sehen sie heute aus die Ritter und Raubritter, woran erkennt man sie? Nun, sie tarnen sich und passen sich der Zeit und den Gegebenheiten an. Die eisernen Rüstungen vertauschten sie gegen bequeme Anzüge.(Höher gestellte Rittersleute tragen dementsprechend Maßanzüge bekannter Modelevel.) Der Helm wurde eingetauscht gegen einen Hut. Auch Schwert

und Schild erfuhren eine Verwandlung. Das Schwert der heutigen Ritter ist der Kugelschreiber, Füllhalter oder auch Rotstift, das Schild der Aktenordner, die Vorschriften oder das Gesetzblatt.

Na, wem kommen diese Ritter bekannt vor?

Plötzlich Vegetarier

Die meisten Ereignisse passieren völlig unverhofft und zu Zeiten, wenn man sie nicht erwartet. Meistens passiert es am Abend vor dem Schlafengehen, am Wochenende oder eben im Urlaub, wie in diesem Fall. Das unverhoffte Ereignis war die Verwandlung eines normalen, Fleisch essenden, Kindes in einen Vegetarier.
Dabei hatte alles so harmlos angefangen. Wir waren nach Frankreich in einen Ort an der Atlantikküste gefahren. Diesen Urlaub hatte meine Mutter über irgendwelche Beziehungen organisiert.Wir hatten dort einen ganzen Bauernhof nur für uns allein.Die Kinder konnten ungestört toben und in allen Ecken herum stöbern, mein Mann und ich mal wieder ein Buch lesen und meine Mutter schmiss freiwillig den Haushalt. Es war eine sehr entspannte Zeit, die auch Ausflüge in die Umgebung beinhaltete. Wir hatten ja ein Auto, viel Zeit und wollten was erleben. An jenem Tag von dem hier die Rede sein soll, planten wir wieder einmal so einen Ausflug. Diesmal ging es in eine Küstenstadt, die in der Nähe des aus dem Fernsehen bekannten Fort Boyard lag.

Dieses Fort liegt als steil aufragende Festungsinsel vor der französischen Atlantikküste. Wir sahen es nur von der Küste aus, erkannten es aber auf Grund seiner Popularität sofort. Doch das interessierte die Kinder nicht so sehr. Viel interessanter war die gerade einsetzende Ebbe. Davon hatten sie zwar schon in der Schule gehört, konnten es sich aber trotzdem nicht so recht vorstellen. Dieses Naturschauspiel zu erleben faszinierte sie mächtig. Der steinige Untergrund der Küste wurde dadurch plötzlich sichtbar, mit allem was darauf wuchs. Doch nicht nur das, vor allem die vielen Leute, die auf ein Mal in diesem Bereich herumliefen, wurden bestaunt. Was wollten die nur dort? Wir beschlossen ebenfalls hinunter zu steigen, um nachzusehen. Die Leute hoben Steine hoch, guckten darunter und legten sie wieder hin. Manchmal allerdings hoben sie etwas auf, was unter den Steinen lag. Dieses landete in einem mitgeführten Eimer. Probeweise taten wir es ihnen nach. Wir hatten zwar keinen Eimer dabei, aber eine Einkaufstüte aus Plaste. Siehe da, unter den Steinen befanden sich kleine Krebse und Krabben. Na, das war natürlich etwas für die Kinder. Begeistert begannen sie ebenfalls mit dem Sammeln. Bald schon war die Tüte zur Hälfte mit krabbelnden kleinen Krabbentieren gefüllt. Die wollten sie zum Spielen mit nach Hause auf den Hof nehmen. Doch zuerst mussten sie Omi gezeigt werden. Die war ja nicht mit hinunter zum steinigen Meeresboden gekommen, sondern hatte oben auf der Mole gewartet. Omi hatte aber eine ganz andere Idee, was mit den vielen Krabben anzufangen wäre. Sie meinte, daraus könne eine schöne Suppe werden. Na ja, dass man Krabben essen kann, wussten meine Kinder ja, aber selber machen? Doch die Idee klang gut und so erklärten sie sich mit der

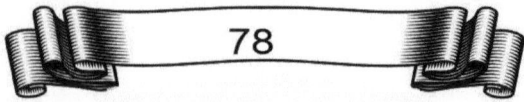

Verwendung als Suppenbeilage einverstanden. Als Omi dann auch noch meinte, dass sie dabei helfen könnten, waren sie kaum noch zu bremsen. Kinder helfen ja furchtbar gern, wenn sie nur richtig motiviert werden. So schnell es ging sollten wir jetzt nach Hause auf den Hof fahren, drängelten sie. Dort angekommen holte Omi noch etwas Gemüse aus dem Garten und los ging es. Omi sagte was getan werden sollte und die Kinder flitzten los, um es zu erledigen. Schnell stand der große Topf auf dem Herd, Feuer darunter und das geputzte Gemüse hinein geworfen. Es dauerte nicht lange, dann kochte alles. Nun schickte Omi die Kinder nach der Tüte mit den Krabben, die ja in die Suppe mit hinein sollten. Und jetzt kam die alles entscheidende Frage: Wie machen wir die Krabben tot, damit sie in die Suppe können? Die Antwort von Omi bestand in einer praktischen Handlung. Sie nahm die Tüte, wusch die Krabben darin unter fließendem Wasser ab und schüttete sie anschließend in den kochenden Sud. Was nun folgte, war ein kollektiver Aufschrei der Kinder. Sie wussten ja nicht, dass es die übliche Methode war Krabben zu kochen, indem man sie einfach lebend in heißes Wasser warf. Dieser in Kinderaugen brutale Tötungsvorgang versetzte meiner Tochter einen derartigen Schock, dass sie spontan verkündete ab sofort *nie mehr Fleisch oder Fisch* zu essen. Das hielt sie dann auch den ganzen Rest des Urlaubs und auch noch ein halbes Jahr lang danach durch. Nicht einmal Wurst wurde mehr angerührt, nur noch Käse, Quark und Marmelade.

Aber keine Bange, nach etwa einem dreiviertel Jahr hatte sie dieses traumatische Erlebnis wohl endlich verkraftet, denn sie kam plötzlich mit einer Bulette in der Hand anspaziert und verkündete, dass sie ab heute *nur noch* Buletten essen

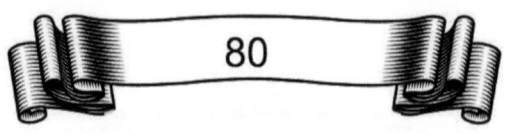

werde. Was sie dann wiederum fast ein Jahr lang früh, mittags und abends tat. Keine Angst, auch diese Phase ist inzwischen überwunden. Nur die Geschichte mit den Krabben hält sie uns heute noch manchmal vor.

Oma und Omi auf Reisen

Dies ist die Geschichte einer Reise von Oma und Omi, die eigentlich Mutter und Tochter sind. Daraus kann man erkennen, dass es sich um Oma und Uroma handeln muss. Aber um die Sache noch ein wenig komplizierter zu machen, soll zuerst folgendes erklärt werden. Die, die laut Ahnentafel die Uroma ist, möchte nicht so genannt werden. Als Erklärung gab sie an, dass sie sich dann **zu alt** fühle. Welch Eitelkeit von einer über 80jährigen Dame! Laut eigener Aussage möchte sie **Omi** gerufen werden. Das gefällt ihr besser. Na gut, soll sie ihren Willen haben. Wie aber ruft man dann die Tochter, welche ja die eigentliche Omi ist? Zur besseren Unterscheidung hat diese eingewilligt **Oma** genannt zu werden. So, damit haben wir die verwandtschaftlichen Verhältnisse der beiden Damen zueinander geklärt, noch nicht aber alles weitere. Die **Oma** genannte hatte eine Tochter, welche logischerweise die Mutter des Kindes war, welches besucht werden sollte. Das Kind war ½ Jahr alt und weder Oma noch Omi hatten es bisher persönlich begutachten können, da die räumliche Entfernung zwischen den Familienmitgliedern sehr groß war.

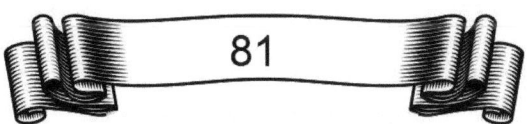

Das sollte mit dieser Reise nachgeholt werden.

Die beiden älteren Damen setzten sich also ins Auto der Oma. Die Omi hatte keines und konnte auch keines lenken, es sei denn, man hätte entlang der gesamten Strecke Bäume aus Gummi gepflanzt und die Straße extrem begradigt. Da dem aber nicht so war, musste sich Omi mit dem Platz auf der Beifahrerseite begnügen. Damit die Fahrt nicht zu langweilig wurde, schwatzen die beiden miteinander. Hauptgesprächsthema war natürlich das Enkelchen. Beide waren durch Fotos und Telefonate ausreichend vorinformiert. So drehten sich die Gespräche unter anderem darum, wem das Kind denn nun ähnlicher sehe, ob es mehr nach dem Vater oder der Mutter gehe, wie weit es in seiner Entwicklung war, was es schon so alles futterte und noch vieles mehr. Die üblichen Gesprächsthemen also, die man erwarten konnte. An dieser Stelle sollte ich erwähnen, dass Oma das Navigationssystem im Auto angeschaltet hatte. Sie wollte auf Nummer sicher gehen, dass sie sich nicht irgendwo verfahren. Schließlich fuhren sie diese Strecke nur ein bis zwei Mal im Jahr. Eben dieses Navi gab natürlich nun auch ab und an Streckenhinweise, wo abgebogen werden musste, auf welche Spur die Einordnung zu erfolgen hatte. Das was man von so einem Gerät eben erwarten konnte. Omi aber, die technisch völlig unbegabt war, hörte nicht wirklich hin, welche Anweisungen das Navi erteilte. Sie war ja nur Beifahrer. Außerdem war sie diejenige, die die meiste Zeit am Erzählen, laut überlegen und abwägen war. Plötzlich aber fragte sie, warum das Auto denn links anhalten solle. Oma war irritiert. Sie hatte doch gar nichts gesagt. Sie nicht, aber das Navi! Das aber hatte verlauten lassen, dass man sich an dieser Stelle *links halten* soll. Halten, nicht anhalten! Für Omi aber war das dasselbe. Ebenso bei einigen anderen

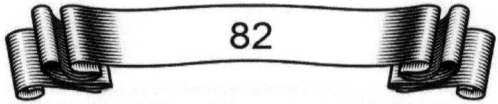

Anweisungen des Gerätes, die für einen Nichtkraftfahrer nicht immer ganz klar verständlich waren, besonders dann nicht wenn man nur mit halbem Ohr hinhörte. Natürlich klärte Oma die Sache auf und beide lachten herzlich darüber. So kann man eben auch mit einem ganz gewöhnlichen Navi viel Spaß haben.

Wenn es nur bei den Späßen mit der Technik geblieben wäre, hätte man schon damit genug Gesprächsstoff im Kreise der Familie gehabt. Doch auch Schilder am Straßenrand sorgten für Gesprächsstoff. Auf der Suche nach einem Parkplatz für eine Mittagspause, wolle Omi doch glatt verkehrt herum in eine Einbahnstraße hinein, nur weil sie kurz vor dem Ende der Straße einen freien Platz gesehen hatte. Auf die Auskunft, dass man dort nicht so herum hinein dürfe, antwortete sie schlagfertig: „Na dann fahren wir eben rückwärts! Und wenn ein Polizist kommt, können wir gleich vorwärts davon rollen, weil ja dann die Richtung stimmt."

Eigentlich gar nicht so dumm, diese Idee, nur leider im Straßenverkehr schwer bis unmöglich anwendbar. Zum Glück fand sich letztendlich noch ein Plätzchen auf normalem Weg.

Gut gestärkt ging es weiter in Richtung Enkelkind. Auf Grund der Länge der Strecke duselte Omi unterwegs ein wenig, was ja auf dem Beifahrersitz durchaus möglich war. Auf einmal schreckte sie hoch. Vermutlich hatte sie einen merkwürdigen Traum gehabt. Oder sie war durch ihr eigenes Schnarchen aufgeschreckt worden. Etwas verwirrt sah sie sich um, um sich zu orientieren. Plötzlich fuhr ein Auto mit einem geschlossenen Dachgepäckträger am Auto vorbei. Oma ließ sich davon nicht beeindrucken. Sie wusste ja, was das war. Omi aber, die nur selten mit dem Auto unterwegs war, guckte etwas merkwürdig. Als Oma den fragenden Blick

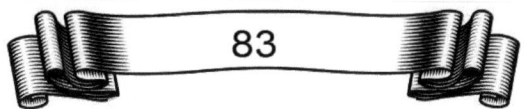

von Omi bemerkte, wollte sie natürlich den Grund für diesen Blick wissen. Vorsichtig, um nicht wieder in ein Fettnäpfchen zu treten, stellte Omi ihre Frage: „ Warum transportieren die Leute den Sarg auf dem Autodach? Ist das billiger die Überführung so zu machen, als ein Bestattungsunternehmen damit zu beauftragen?" Daraufhin muss Oma wohl sehr dämlich geguckt haben. Sie wusste erst gar nicht, was Omi meinte. Diese aber zeigte zur Untermauerung ihrer Frage auf das davon fahrende Auto. Na ja, irgendwie hatte sie da gar nicht so unrecht. Das Ding sah wirklich aus wie Draculas Reisesarg. Insgeheim verdrehte Oma die Augen und schickte ein Stoßgebet in Richtung Himmel, obwohl sie eigentlich nicht wirklich gläubig war. Seufzend beschloss sie, es von der humorvollen Seite zu nehmen, immerhin war Omi schon über 80 und wie gesagt in allen Dingen die das Thema Autofahren betrafen absolut unbewandert. Doch da noch eine ganze Menge mehr an Autos mit solchen „Särgen" auf dem Dach herumfuhren, war die Überführungsvariante doch eher unwahrscheinlich. Sie zeigte also auf mehrere der vorbeifahrenden Autos mit einem ebensolchen Teil auf dem Dach. „So viele Überführungen?" meinte sie dazu. Das erschien selbst Omi unwahrscheinlich. Noch immer aber war ihr der Sinn dieser Kästen nicht ganz klar. So bequemte sich Oma dann endlich zu einer Erklärung: „ Das sind einfach nur Transportbehälter, so etwas wie Koffer, nur eben speziell für Autodächer." Damit war wieder ein Stück Unklarheit beseitigt. Über dem ganzen Erzählen, Lachen und Erklären war das Ziel ihrer Reise schon ganz nahe herangerückt. Sie befanden sich bildlich gesprochen *auf der Zielgeraden*. Nicht lange danach hieß es *: Ziel erreicht.*

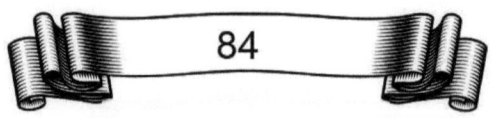

Mein Computer und ich

Eigentlich ist das eine Geschichte, die unter die Rubrik „unendliche Geschichten" fallen müsste. Denn wir zwei, mein Computer und ich haben ein ziemlich enges und wie im echten Leben mitunter zwiespältiges Verhältnis zueinander. Meist begegnen wir uns aber höflich und freundschaftlich. Will heißen, ich kann auf ihm herumhämmern und er nimmt es geduldig hin. Doch seit dem letzten Wochenende sind wir geschiedene Leute. Er ist sozusagen „verstorben". Schuld war natürlich ich. Dabei hatte ich eigentlich nur nett sein wollen und einen meiner Meinung nach lockeren Steckkontakt wieder befestigt. Dabei ist es passiert. Der Cursor hing plötzlich wie eingefroren fest . Als ich ihn mittels Maus zu Bewegungsversuchen überreden wollte, verschwand er völlig. Wie sollte ich den Computer nun abschalten? Mir fiel vor Schreck nur der große dicke Ausschaltknopf ein. Der Computer gab einen quicksenden Ton von sich, schaltete danach seinen Bildschirm aus und war stumm. So, aus war er nun.

Jetzt wieder angeschaltet und eigentlich sollte wieder alles in Ordnung sein, dachte ich. Aber was war das? Der Bildschirm blieb dunkel. Hatte ich vielleicht den Bildschirm extra ausgeschaltet? Also noch mal. Ah, der Bildschirm wird hell, aber ganz blau. Merkwürdig? Und alles voller Schrift. Na, wollen wir doch mal gucken, was mir da für eine Computerbeschwerde mitgeteilt wird. Das Einzige was ich verstehe ist, dass irgendein System mit der Nummer 32 ein Problem mit mir hat. Hm, was hat mein Sohn im Falle eines Problems gesagt? Noch einmal ausschalten und beim

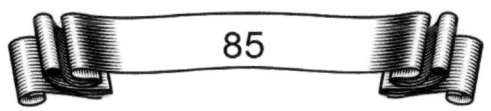

erneuten Einschalten immer den Notschalter drücken. Den habe ich mir damals gleich markiert, falls wieder mal etwas passiert. Wie gut, das brauche ich jetzt.
Nach dem Einschalten hämmerte ich, wie ein Specht auf dem Baum, mit meinem Zeigefinger auf der Taste herum. Mit dem Erfolg dass gar nichts passiert. Nun wird mir die Sache langsam zu dumm. Just in diesem Moment fällt mir ein, dass ja noch der alte Turm hinter der Tür steht. Für Notfälle, wie mein Sohn damals gesagt hatte. Nun, wenn das kein Notfall ist dann weiß ich auch nicht. Ächzend, stöhnend und vor mich hin schimpfend rolle ich unter den Arbeitstisch und entferne sämtliche Anschlüsse. Das dauert eine Weile, denn unter dem Tisch ist es eng, außerdem hat sich im Laufe der Zeit ein regelrechter Kabelsalat angesammelt. Ich wusste gar nicht, dass hier so viele Kabel vorbeikommen. Nicht alle gehören zum Computer, manche führen auch weiter zu anderen im Zimmer befindlichen Geräten. Die sind bei dieser Aktion tabu. Jetzt kann ich den Turm,wie ich den Zauberkasten mit den vielen Steckplatten und Anschlüssen immer nenne, aus seinem Platz herausziehen. Dazu muss ich abwechselnd unter den Tisch kriechen, ein Stück schieben, aufstehen von der Vorderseite des Tisches ziehen, wieder unter den Tisch kriechen und das Ganze mehrmals. Langsam artet das in Sport aus und der ist eigentlich gar nicht mein Ding. Aber es hilft nichts. Der Turm muss seinen Platz räumen. Jetzt kann ich den Reserveturm holen. Nach dem dieser den Platz seines Vorgängers eingenommen hat, beäuge ich alle Stecker, die zum Computer gehören, um herauszufinden, wer wohin gehört. Manche passen auf Grund ihrer Form und Größe zum Glück nur an eine bestimmte Stelle. In einer Kombination aus Fühlen, Gucken und Raten werden nun auch die restlichen untergebracht. Na

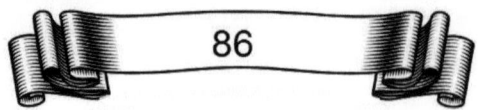

ja, die Lautsprecher habe ich verdreht, wie ich zugeben muss. Doch die sind im Augenblick auch nicht so wichtig. Nachdem ich alles untergebracht habe, starte ich einen erneuten Versuch. Hurra, es scheint zu funktionieren. Der Bildschirm zeigt mir wieder alles was ich wissen will und der Turm rattert beruhigend vor sich hin. Schon glaube ich es geschafft zu haben. Ein letzter Schritt nur noch, die Einwahl ins Internet. Hier aber kommt sprichwörtlich gesehen die rote Karte. Der Computer will und will einfach nicht so wie ich das will. Angeblich ein Seitenladefehler. Das würde ich glauben, würde es nur eine bestimmte Internetseite betreffen, aber alle? Waren also alle meine Bemühungen umsonst? Ich wusste einfach nicht mehr weiter. So ein Technikgenie war ich nicht wirklich, um den Fehler zu finden. Völlig verzweifelt rief ich bei meinem Sohn an. Wenn der mir nicht helfen konnte, dann half wirklich nur noch die Schrottpresse. Mit einem schon recht misstrauischen langgezogenen „Jaaaa" meldete er sich. Sicher ahnte er schon, wenn ich anrief, war meist etwas mit dem Computer und er die letzte Rettung. Total aufgelöst erzählte ich, was ich wieder angestellt hatte. Glücklicherweise kann ihn nichts so schnell aus der Ruhe bringen, auch nicht eine technisch völlig chaotische Mutter. Er fragte erst einmal einige Sachen ab, die ich mit meinen Worten zu erklären im Stande war. Er hätte sich ja gern drauf geschaltet, um mittels eines technischen Wunders namens Fernreparatur zu helfen, wie er es in früheren Katastrophenfällen auch getan hatte, aber das ging ja nicht. So versuchte er Schritt für Schritt zu erklären was ich tun und auf welchen Knopf ich drücken sollte. Es wurde eine sehr langwierige und für mich schweißtreibende Angelegenheit. Das Ergebnis war ernüchternd. **Netzwerkkarte defekt,** darum kein Internetzugang und keine Fernreparatur möglich.

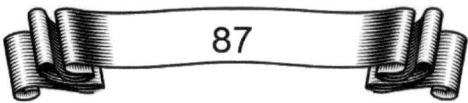

Er schlug vor,ich solle doch noch einmal den Originalturm anschließen, vielleicht würde ich es bei diesem mit seiner telefonischen Anleitung hinbekommen. Das hieß erst einmal erneut jede Menge sportlicher Verrenkungen, mehrfaches unter den Schreibtisch kriechen, Stecker sortieren, zuordnen und einstöpseln. Uff, nach einer halben Stunde waren es und auch ich geschafft. Der Unterschied zwischen dem Computer und mir bestand speziell darin, dass ersterer bei der Aktion nicht ins Schwitzen gekommen war, ich dagegen reichlich.

Nun ein erneuter Versuch ihn zum Leben zu erwecken. Der ging aber genau so schief wie die vorherigen. Immer erschien der blaue Bildschirm mit einer ganzen Seite Text der nichts anderes besagte als **Computer defekt, Wiederbelebung erfolglos.** Mein Sohn befürchtete das Schlimmste, den Defekt des Arbeitsspeichers. Na toll, das hatte mir gerade noch gefehlt. Damit wären jede Menge Daten den Bach runter, die ich doch für die Arbeit dringend brauchte. Letzte Chance bot eine Prüfung der Platten. Hilfe, wie ging denn das nun wieder? Ich beschloss, dass ich dafür Hilfe vor Ort bräuchte, so per Telefon würde das nichts werden. Das teilte ich auch meinem Sohn mit. Wir verabredeten, dass ich das Ganze überschlafen und danach wieder Kontakt zu ihm aufnehmen sollte. Vor dem Schlafengehen rief ich noch schnell einen Kollegen an, von dem ich mir Hilfe erhoffte. Zum Glück hatte er am nächsten Tag ein wenig Zeit und versprach zu kommen.

So saßen wir am nächsten Tag zu zweit vor dem Patienten Computer und lauschten den telefonischen Anweisungen meines Sohnes, die mein Kollege parallel dazu in Aktionen umsetzte. Eine zeitaufwändige Arbeit, die er leider nicht gänzlich zu Ende bringen konnte. Bevor er ging, erklärte er mir noch, wie ich eventuell defekte Platten ausbauen müsste.

Wobei ich hoffte dieses nicht tun zu müssen. Wenigstens diese Hoffnung erfüllte sich. Zum Abschluss aller Tests und Prüfungen erklärte mein Sohn, dass es an den Platten wohl nicht liege, die seien in Ordnung, aber das gesamte Betriebssystem sei im Eimer. Das bedeutet: alle nicht gesicherten Daten sind futsch und das gesamte System einschließlich Zusatzgeräte muss erneut installiert werden. An dieser Stelle winkte ich mit einer symbolischen weißen Fahne. Aus, Ende, ich kapituliere!

Just in diesem Moment zuckte ein Gedankenblitz durch meinen Kopf. Ich hatte mir doch vor wenigen Tagen einen neuen Laptop gekauft. Den wollte ich eigentlich immer zur Spätschicht mit auf Arbeit nehmen, darauf Filme gucken und Geschichten schreiben, aber keinesfalls ins Internet gehen. Doch mit dem totalen Koma des Hauptcomputers änderte sich die Sachlage. Ich erklärte meinem Sohn die neue Lage. Begeistert griff er die Idee auf, knurrte warum ich nicht eher darauf gekommen wäre und half mir den Laptop einsatzklar zu machen. Nun ist also der Laptop in die verantwortungsvolle Position des Hauptcomputers aufgestiegen, mit allen dazugehörigen Pflichten. Na ja, fast allen Pflichten. Den Drucker konnte er nicht einarbeiten, der Stecker passte nicht. Für alle anderen habe ich ein passendes Loch gefunden. Und...einen neuen Drucker wollte ich mir ja sowieso irgendwann kaufen,mein bisheriger war schon mehr als 5 Jahre alt.

Was soll ich noch sagen, mein Laptop und ich kommen momentan recht gut klar miteinander. Was hoffentlich mindestens bis ins Jahr 2030 so bleibt. Dann bin ich längst Rentner und brauche einen Kollegen mit großen Tasten und Buchstaben, wegen der Zielsicherheit beim Adlersystem (Kreisen und Zuschlagen).

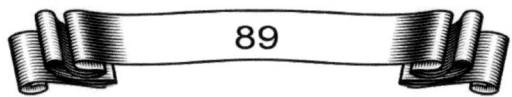

Nachtrag: Wenige Tage nach diesen Ereignissen habe ich die Maus als Agenten einer feindlichen Computermacht identifiziert, die den Auftrag hatte meinen Computer zu sabotieren. Was ihr ja auch vollständig gelungen ist. Daraufhin wurde sie mit sofortiger Verbannung aus dem Haushalt bestraft und durch ein jungfräuliches Exemplar ersetzt.

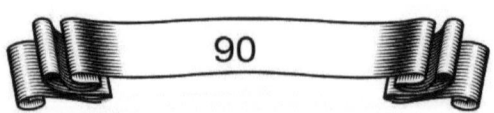

Der Anglerlehrling

Also eigentlich heißt es immer, man sei nie zu alt, um etwas Neues zu lernen. Na gut, dann lerne ich im Norwegen-Urlaub eben angeln. Fisch esse ich schon immer gern, die meisten Arten jedenfalls. Warum soll ich dann nicht mal auch das Fangen in die eigenen Hände nehmen. Noch dazu wenn in der kleinen Reisegruppe mehrere Angler sind, die es mir beibringen können. Einer von ihnen, er trägt den Spitznamen Rolli, erklärt sich dazu bereit. Na dann, los.

Hier Herr Angellehrer, ich weiß was! Man braucht dazu eine ANGEL. Grinsend zeigt Rolli, mein selbsternannter Lehrer, auf ein solches Exemplar. Es liegt in dem Boot mit dem die Männer am nächsten Tag hinaus bis zur Fahrrinne hinter den Inseln wollen. Doch da nutzt es mir wenig. Auf Bildern werden Angeln immer in der Hand gehalten. Bleibt mir nichts anderes übrig als in das Boot hineinzusteigen und sie herauf zu holen. Na klar, bei meiner Tapsigkeit passiert gleich das erste Malheur. Ich rutsche im Boot aus und setzte mich mitten auf einen Stapel aus Angelschnüren. Toll, die Haken sind auch noch dran! Nein, halt, einer nicht mehr! Der steckt nämlich jetzt in meiner Hose, nahe der rechten Pobacke. Was Erheiterung nicht betroffener Personen auf dem Bootssteg zur Folge hat. Wo kommen die denn auf einmal her? Hach, was ist die Schadenfreude doch für ein hinterlistiges Ding! Besonders wenn es einen selbst trifft. Ich hatte gar nicht bemerkt, dass in der Zeit, als ich mich mit Rolli unterhielt, der Rest der Gruppe gefolgt war.

Mittlerweile bin ich samt Angel heraufgeklettert. Und erfahre als erste Lektion, dass es

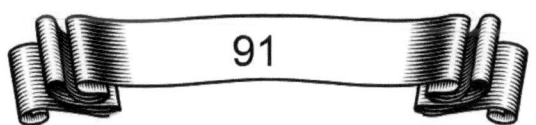

ANGELRUTE heißt. Rute kenne ich bisher nur vom Weihnachtsmann und da sieht sie auch etwas anders aus. Die Schnur heißt Sehne und der Abschnitt mit mehreren Haken und dem kleinen Gewicht heißt Vorfach. Hm, Fach .. Unterrichtsfach, Schubfach und nun eben Vorfach. Verflixte Fachbegriffe! Ich nenn das Ding trotzdem weiter einfach nur Angel.

So, jetzt habe ich also eine Angel. Die muss ins Wasser, weil dort ja die begehrten Fische herumschwimmen. Rolli zeigt mir, wie Angel und Wasser zusammenkommen sollten. Mit einem leichten Schwung aus dem Handgelenk surrt die Sehne (Seht ihr, ich hab schon was gelernt!) mit den Haken dran auf und davon. Das sieht ganz leicht aus. Ich versuche es ihm gleich zu tun. Warum surrt meine Sehne nicht los? Ist die Rolle verklemmt? Nee, nur gesichert. Zum Entsichern muss ein Bogen an der Rolle umgelegt werden und dann das Ganze leicht über den Zeigefinger laufen lassen. Klingt theoretisch total einfach. In der Praxis funktioniert das aber bei mir nicht so locker. Ich brauche dafür beide Hände. Wie soll ich jetzt auch noch werfen? Nach einigen Anläufen schaffe ich es einigermaßen die Sehne laufenzulassen. Nur mit dem Werfen wird das absolut nix. Entweder ich verhake mich an einem Kleidungsstück, oder die Haken landen kurz vor meinen Füßen. So angle ich nie einen Fisch! Der Haarkranz meines Lehrers ähnelt inzwischen mehr einem windzerzausten Etwas als eine Normalfrisur. Bis jetzt wären das alles Trockenübungen gewesen meint Rolli. Doch er hat schon eine neue Idee! Oh, je! Nach der Theorie geht es in die Praxis.

Wir fahren mit dem Boot hinaus, in einen Fjord mit fast spiegelglatter Wasseroberfläche. Nun soll ich die Angel mit den Haken über das Wasser halten und einfach die Schnur

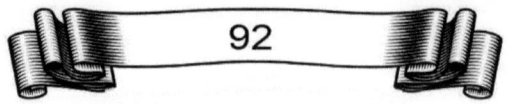

abspulen. Die Haken sinken dank dem daran befindlichen Gewicht von allein hinunter in die Tiefe. Jetzt nur ab und an ein wenig Arme auf und ab bewegen. Es sieht aus als würde ich den Schwengel einer alten Pumpe betätigen. Ich vermute mal, alle Fische sitzen unter dem Boot und amüsieren sich köstlich. Nur anbeißen will keiner. Nach einer halben Stunde werden die Arme schwer und ich lasse die Angel mit den Haken nur noch im Wasser baumeln. Das ist den Fischen wohl zu langweilig. Und noch immer keinen Fangerfolg. Jetzt greift Rolli zum letzten Mittel, wie er es formuliert. Er fährt mit mir zu einer etwa 70 m hohe Brücke, die über einen Fjordarm führt, zwei Inseln miteinander verbindet und Anglerbrücke heißt. Am Brückenkopf ist ein Parkplatz für die Autos. Wir machen uns von dort zu Fuß auf den Weg Richtung Brücke. Dort stehen schon mehrere Angler und lassen ihre Haken hinab in das strudelnde Wasser. An einer Stelle, die Rolli für gut befindet, soll ich nun meine Angel auswerfen. Wie ich so über das Geländer gucke, wird mir etwas bange. Wenn ich nun wirklich was fange, wie kriege ich den Fisch dann so weit hoch? Der zappelt doch garantiert so lange bis er vom Haken fällt. Aber erst muss ich ihn fangen! Brav lasse ich die Angel mit den Haken ins Wasser hinab surren. Sofort merke ich, wie die Strömung daran zieht, also mehr Schnur geben. Nach dem ich schon fast die halbe Rolle ablaufen gelassen habe, wird mir die Sache doch zu unheimlich und ich beginne vorsichtig mit dem Aufrollen. Doch nicht lang. Es wickelt sich immer schwerer, bis gar nichts mehr geht. Sollte da etwa ein Fisch angebissen haben, der sich nun wehrt und das Wasser nicht verlassen will? Fragend sehe ich auf den neben mir stehenden Rolli. Er nimmt die Hände aus den Taschen, mir die Rute aus der Hand und beginnt selbst die Leine einzuholen. Doch die

klemmt irgendwo irgendwie fest. Jetzt sind Muskelkraft und Einfallsreichtum gefragt. Er schickt mich zurück zum Auto. Ich soll einen Stock oder Ähnliches holen. Damit will er mehr Hebelwirkung erreichen, sagt er. Ich finde nur einen Regenschirm. Den bringe ich ihm. Mittels dieses Regenschirms und viel Kraft holt er die Schnur hoch, ohne die Leine abzureißen. Die Schweißperlen stehen ihm dabei auf der Stirn, obwohl in der Zwischenzeit ein ganz schön kalter und kräftiger Wind auf der Brücke pfeift. Etwas Langes Dunkelgrünes hängt fest an den Haken (Aber eine Meerjungfrau ist es nicht!). Warum müssen an so einem Vorfach auch immer mehrere davon sein? Es ist eine große Menge Grünzeug, Algen, alte Blätter, Reste von fremden abgerissenen Vorfächern, die jetzt vom Grund des Fjords ans Tageslicht gelangen. Über alle Haken hat es sich eingespießt. Oben angekommen, darf ich es von den Haken popeln und über das Geländer zurück in den Fjord werfen. Wie oft ich mir dabei in die Finger gestochen habe, verrate ich lieber nicht! Aber geangelt habe ich seit diesem Erlebnis nie wieder! Und *meinen* Fisch fange ich aus der Tiefkühltruhe oder von der Fischtheke.

Arbeitswut

Wer kennt das nicht, mitunter überfällt einen ein unerklärlicher Anfall von Arbeitswut. Meist weiß man nicht woher das kommt, wie lange es dauert und was man in der Zeit alles schaffen kann. Dabei gibt es doch immer irgendetwas zu tun. Doch es gibt auch das allseits bekannte Sprichwort: „Überfällt dich die Arbeitswut, so setzte dich still in eine Ecke und warte bis der Anfall vorbei ist!" Als wenn das immer so einfach wäre! Meine Mutter meinte immer, das wäre eine Ausrede für Faule, die stets nur herum sitzen. Ich weiß nicht so recht. Sicherheitshalber habe ich es ausprobiert. Also das mit dem Stillsitzen hat bei mir nicht funktioniert. Hielt ich die Hände still, zappelten die Füße. Konnte ich die Füße ruhig halten, hatte ich so ein Kribbeln in den Händen. Und die ganze Zeit saßen zwei kleine Kobolde neben meinen Ohren. Der eine flüsterte „Halte durch, das geht vorbei!" Der andere meinte" Tue etwas Sinnvolles!" Ja, auf wen sollte ich denn nun hören? „Halte durch!" „Schreib was Schönes!" Halt! Das war`s! Etwas schreiben, aber was? Ich kam mir vor wie zu Schulzeiten. Da mussten wir nach den Ferien immer einen Aufsatz schreiben *„Mein schönstes Ferienerlebnis"*. Nun, ich hatte zwar keine Ferien, aus dem Alter bin ich schon eine Weile heraus, aber die Schüler hatten welche. Dadurch hatte ich andere Fahraufträge, andere Dienste und auch mehr frei. Was hatte ich in dieser Zeit angestellt, worüber es sich zu schreiben lohnt? Zu sagen : *gearbeitet* wäre wohl zu primitiv. Es geht dabei ja um niveau-und sinnvolle Dinge. Hurra! Jetzt habe ich es. Das Sinnvollste, was ich in den Ferien vollbracht habe, ist die Fertigstellung meines neuen Manuskripts. Und ich habe es nicht einfach nur fertiggestellt, nein es ist auch schon per Post in Richtung Verlag auf die Reise gegangen. Danach kam eine völlig unmöglichen Lampenfieber-Phase. Jeden Tag guckte ich aufgeregt in den Briefkasten. Kommt Post vom Verlag? Was wird wohl darin stehen? Nach zwei Wochen lag endlich ein großer weißer Briefumschlag mit dem erhofften Absender im Kasten. Hurra! Das Manuskript ist angenommen, der Titel noch nicht vergeben, der Vertrag für das Kinderbuch liegt auch dabei. Wenn es nicht so in den Bereich des Unmöglichen fallen würde, spränge ich bis zur Decke vor Freude. Doch unsportlich wie ich nun einmal bin, entfällt diese Übung. Innerhalb weniger Tage war der Vertrag unterschrieben und auf dem Rückweg zum Verlag.

Jetzt sitze ich wieder wie auf einem Fass voller Ameisen und warte auf das Musterbuch. Wie wird es wohl aussehen? In Fragen der Bildeinarbeitung habe ich dem Verlag freie Hand gelassen. Wie wird das Ergebnis aussehen? Zum Kuckuck, werde ich denn nie ruhiger? Das ist aufregender als bei der Geburt des ersten Kindes, immer noch.

Moment! Wie war das gleich noch mal mit dem Anfall von Arbeitswut?

Der unendliche KonsUn(m)sinn

Ich könnte auch mit den Zeilen „Alle Jahre wieder..." beginnen. Die Sommerferien sind kaum zu Ende, da schwitzen in den Regalen der Einkaufstempel die ersten Schokoladenherren mit dem roten Mantel. Gut, dass es dort drinnen eine Klimaanlage gibt, sonst würden sie mitunter als

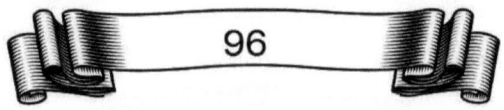

brauner Fluss durch die Gänge plätschern. Da könnte man dann Tassenstationen am Ufer einrichten, an denen sich jeder bedienen kann. Was direkt mal als interessante Idee Berücksichtigung finden könnte. So aber stehen die Herren und ...na ja, das hatten wir ja schon. Gleich daneben finden sich auch die dazu passenden Backwaren. Und wer ist daran schuld? Der G*eist des Kommerz!* Er und seine Helferschar aus den Bereichen Marketing und Co. Für sie zählt nicht der Gedanke, der hinter dem Fest steckt, nur der in ihren Ohren wohlklingenden Klang des Geldes. Doch wie viel der alten Traditionen geht dadurch verloren, die Freude, die Erwartung, die Heimlichkeiten. Noch dazu wo die Weihnachtsmänner nicht mehr traditionell mit rotem Mantel bekleidet werden. Nein auch sie wurden vom Geist des Kommerz verwandelt. Heute tragen sie meist Farben gemäß ihrer Hersteller. Ja, sogar der Erotik-Bereich wird einbezogen. Nur ein verschämt aufgesetztes Mützchen weist noch auf die Zuordnung zu dem Feiertag hin. Was letztes Jahr dazu führte, dass mich der Schalk zwickte und ich jenen kleinen Reim verzapfte:

> Was hat wohl der Weihnachtsmann
> unter seinem Mantel an?
> Hat er Träger für die Hose?
> Oder trägt er diese lose?
> Trägt er Bermuda oder Slip?
> Findet er Tennissocken hip?
> Willst du noch Geschenke haben,
> solltest es lieber nicht erfragen.

Na ja, künstlerisch nicht gerade hochwertig, aber danach fragt der Schalk ja nicht. Und wer ist Schuld? Na, … der

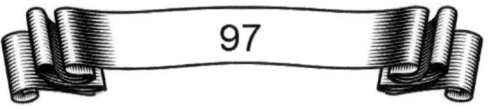

Geist des Kommerz! Der fragt weder nach Wetter, noch nach anderen Befindlichkeiten. Das gilt übrigens nicht nur für Weihnachten. Ich sah fünf Tage vor dem Weihnachtsfest bereits die ersten bunten Eier im Regal! Na, zu wem die wohl gehören?

Baumphilosophie

Uff, geschafft! Vier Stunden Autobahnfahrt mit meinem Patienten liegen hinter mir. Er ist jetzt in Richtung zu seinen Ärzten unterwegs und ich bin auf der Suche nach einem passenden Parkplatz. Das ist gar nicht so leicht in einer fremden Stadt, vorallem weil es ein kostenfreier Parkplatz sein muss. Die Taxistellplätze an der Klinik waren alle schon belegt. Halt, da ist einer! Schnell hinein, bevor ein anderer Autofahrer ihn mir wegschnappt. Ein günstiger Platz, nicht weit weg von der Klinik, eine ruhige Seitenstraße, vor meiner Nase ein Park. So, Motor aus, den Kopf auf das Lenkrad gestützt und erst einmal durchatmen. Ich gucke mir den Baum an, der direkt vor der Schnauze meines Autos steht. Der grinst mich an. Wieso grinst der mich an? Moment mal, *ein Baum grinst mich an!* Seit wann können Bäume grinsen? Wie ich noch so über dieses Phänomen nachdenke, höre ich plötzlich eine Stimme: *„Na, Menschlein? Bist du müde?"* Also jetzt wird es ganz verrückt! Erst grinst der Baum und jetzt quatscht er mich auch noch an. Ich glaube ich bin im falschen Film. Aber na gut, ich habe

ja Zeit. Mal sehen, was er so von sich gibt.

„Weiß du, wir sind uns eigentlich sehr ähnlich", fängt er an. Ein spöttisches Grinsen schiebt sich in meine Mundwinkel. *„Nein, nein, lach nicht! Ich kann dir auch erklären, wie ich zu dieser Feststellung gekommen bin"*, höre ich erneut seine Stimme. *„Ich stehe nun schon viele Jahre hier. Da hatte ich viel Zeit zum Beobachten und Vergleichen. Aber nie hatte jemand Zeit mit mir darüber zu sprechen. Die Studenten, die hier vorbeikommen, haben es immer sehr eilig in irgendeinen Saal zum Zuhören zu kommen. Andere rennen mit Stöpseln in den Ohren an mir vorbei. Muttis beruhigen ihre plärrenden Kinder. Doch jetzt bist du hier. Und wie es aussieht, hast du ein wenig Zeit zuzuhören. Also pass auf: Vor einigen Jahren hörte ich, wie eine Frau zu ihrem Mann sagte, er solle sich nicht wie ein Baby benehmen. Ein anderes Mal wurde ein alter Mann von seiner Frau als kindisch bezeichnet. Da begann ich zu überlegen. Wie kann das sein? Bei diesem Vergleich half mir die Tatsache, dass auch Bäume mal kleine Baumkinder waren, zart weich, empfindlich, schutzbedürftig. Ja, auch ein kleiner Baumspross braucht viel Zuwendung. Ebenso wie ein Menschenkind. Später wenn wir größer werden, härten wir uns ab. Uns wächst eine Rinde. Diese wird umso stabiler je größer wir werden. Sind wir erwachsen, so ist sie borkig, hart und ein guter Schutz. So stelle ich mir das auch bei euch Menschen vor. Seid ihr klein, so seid ihr schwach, hilflos und pflegebedürftig. So wie ein Baby eben, dem seine Mutter hilft. Wenn ihr heranwachst, so kämpft ihr gegen viele Gefahren, Krankheiten, andere Personen oder auch Beleidigungen. Dieser Kampf macht euch ebenso hart, wie uns die Borke. Seid ihr dann alt, so ist diese menschliche*

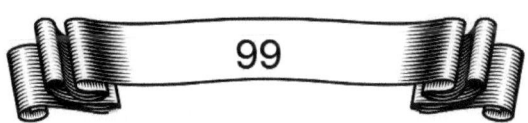

99

Borke ebenfalls hart und schwer zu beschädigen. Doch innen, da ist immer noch der zarte weiche Kern aus Kinderzeiten, eben das Kind in dem erwachsenen Exemplar. Siehst du, und das ist es, das ...."

In diesem Moment zwitscherte direkt neben meinem Ohr ein ganz lauter Vogel, der sich nicht verscheuchen ließ. Halt, das ist kein Vogel! Das ist mein Telefon! Mein Patient möchte abgeholt werden. Verwirrt schüttelte ich den Kopf. Hatte ich da gerade mit einem Baum gesprochen? Sicher bin ich mit dem Gesicht auf dem Lenkrad eingeschlafen. Das war aber auch ein komischer Traum. Aber wenn ich so darüber nachdenke....so schlecht war der Vergleich gar nicht. Freundlich nickte ich dem vor dem Auto stehenden Baum zu und startete den Motor.

Veränderungen

Meine Oma hat mir früher öfters erzählt, dass sich der Geschmack eines Menschen aller sieben Jahre ändert. Nach eingehender Selbstbeobachtung kann ich dieses in großen Teilen bestätigen. Doch wie ich gleichfalls feststellen konnte, betrifft das einen weit größeren Bereich als nur den Geschmack. Auch die Lebensgewohnheiten sind derartigen Veränderungen unterworfen. Nicht umsonst gibt es viele Sprichwörter, die sich auf eben diese sieben Jahre beziehen. So bedeutet das Zerbrechen eines Spiegels sieben Jahre Pech. In der Ehe gibt es das verflixte siebte Jahr. Im Märchen ist von Sieben-Meilen-Stiefeln die Rede. Und so könnte diese Reihe sicher noch um weitere Beispiele ergänzt

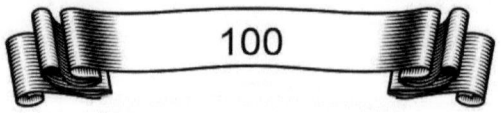

werden. Jetzt grüble ich gerade, ob ich vor sieben Jahren damit begonnen habe, regelmäßig frische Küchenkräuter zu verwenden. Wenn ja, so schimpfe ich seit eben jener Zeit darüber, dass die Kräuter aus dem Topf nicht wieder nachwachsen wollen und ich regelmäßig die Töpfe entsorgen muß. Aber jetzt habe ich die Lösung gefunden! Ich lege mir einen Kräutergarten auf dem Balkon an!

So weit zur Idee. Nun kann ich ja den Samen nicht einfach auf den Betonboden streuen, Wasser darüber kippen und hoffen, dass nun Kräuter wachsen. Ich brauche also: einen Balkonkasten, Erde *und* Samen. Frisch auf zur Tat! Ich steuere den nächstgelegenen Baumarkt an. Voller Elan stürme ich hinein. Und bleibe abrupt stehen. Was *genau* brauche ich eigentlich? Erstens: einen Balkonkasten, zu finden in der Gartenabteilung. Gartenabteilung erreicht. Riesige Regale voller Kästen erspäht. Welcher ist der Richtige für meine Zwecke? *HILFE !* Da, eine Angestellte! Zielstrebig steuere ich sie an und trage mein Begehr vor. Hilfsbereit eilt sie mit mir zu einem der Regale. Und schon geht die Fragerei los. Welche Farbe, welche Länge, mit Wasserkasten oder ohne? Oh.., ja.., ich wähle eine Farbe und zeige dann mit den Armen die gewünschte Länge. Wasserkasten, das ist gut (falls ich mal das Gießen vergessen sollte). Ja, ich will ihn außen an den Balkon hängen. Stimmt, da brauche ich auch noch eine Halterung. An was man so alles denken muss. Mir schwirrt der Kopf. Ich und meine Ideen! Flink sucht die Verkäuferin zusammen, was ich benötige und packt es mir in den Wagen. So, die Grundausstattung habe ich. Was fehlt noch? **Erde!**

Meine nette Verkäuferin zeigt mir noch den Weg, dann ist sie verschwunden. Ich mache mich auf in die angezeigte Richtung. Und stehe schon wieder vor der Qual der Wahl.

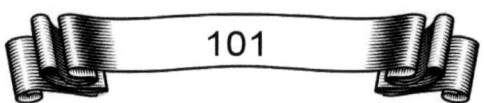

Für Blühpflanzen, für Grünpflanzen, für Kräuter, für Tomaten, für die Anzucht...Wer hätte gedacht, dass es so eine Auswahl gibt. Zum Glück gibt es auch noch Universalerde, da kann ich garantiert nichts falsch machen. Jetzt noch der Samen, dann ist mein Einkauf komplett. Auch hier wieder eine riesige Auswahl. Nach drei Runden um sämtliche Saatgutregale landen drei Tütchen im Wagen. Jetzt aber nichts wie ab zur Kasse und dann heimwärts.

Zu Hause angekommen schleppe ich meine Beute mit Hilfe meines Nachbarn in die Wohnung und auf den Balkon. Wo ich am nächsten Tag frohgemut daran gehe den Balkonkasten anzubauen. Nach zwei gequetschten Fingern und einer herunter gefallenen Schraube (Ich musste um`s ganze Haus laufen, um sie zu finden und aufzuheben!), hatte ich es geschafft. Der Kasten hing an der vorgesehenen Stelle. Und oh Wunder, er hing sogar gerade! Dafür war ich krumm. Mir tat nämlich von der Handwerkerei gewaltig der Rücken weh. Das schrie regelrecht nach einem Päuschen. Ich genoss es mit eine halben Stunde auf dem Sofa und anschließendem Kaffee. Mein Blick war dabei auf meinen Neubau, den Balkonkasten gerichtet. Schließlich überzeugte ich mich selbst, dass ich doch gärtnern wollte. Ich raffte mich seufzend auf, griff zu den Tütchen mit dem Küchenkräutersamen und einem alten Löffel (den ich zur Balkongartenschippe ernannte) . Nachdem ich den Balkonkasten mit Erde gefüllt hatte, konnte ich jetzt säen. Am Liebsten würde ich mich ja neben den Kasten setzten und zugucken wie es wächst. Doch die Idee wurde wieder gestrichen. Schließlich kann ich nicht Tag und Nacht neben dem Kasten sitzen. Zwischenzeitlich erwartet der Chef meine Anwesenheit auf Arbeit. Und außerdem ist es nachts noch empfindlich zu kühl.

Die Entstehung der Menschheit

Stellen sie sich einmal vor, wir wären das Ergebnis eines chemischen Unfalls. Ich höre schon die empörten Aufschreie von allen Seiten, ob dieser abstrusen These! Lassen Sie mich trotzdem den Gedanken weiter spinnen. Dann müsste dieser Unfall von jemandem verursacht worden sein. Logisch, oder? Nennen wir sie der Einfachheit halber **die Altvorderen.** Keine Ahnung wie sie ausgesehen haben könnten. Das ist aber auch gar nicht vorrangig wichtig. Sie also lebten,liebten und arbeiteten auf diesem Planeten. Es gab möglicherweise ähnlich wie heute große Fabriken, die alles herstellten, was gebraucht wurde. Die Atmosphäre bestand aus einer ganz anderen Gaszusammensetzung wie heute. Und die damaligen schlimmsten Abgase waren Stickstoff und Sauerstoff. Unsere Altvorderen erhoben warnend ihre Stimmen über diese Umweltsünden. Doch keiner hörte auf sie. Eines Tages passierte es dann. In einer Fabrik gab es einen schweren Unfall. Das Werk, einschließlich der Labore und Forschungseinrichtungen flog in die Luft. Durch den hohen Sauerstoffgehalt der Luft kam es zu einem Flächenbrand, der sich immer weiter ausbreitete. Bald war er nicht mehr zu stoppen. Die Altvorderen waren gezwungen zu flüchten. Da sie technisch weiter waren als wir, schafften sie es in einer Großaktion den Planeten zu verlassen. Dieser war nun sich selbst überlassen. Alle technischen Errungenschaften wurden zerstört, verbrannt, flogen in die Luft oder verschwanden von der Erde. Diese wurde durch die Brände zu einer Kugel mit einer total überhitzten Oberfläche. Vulkanausbrüche und Erdbeben ließen nicht lange auf sich warten. Die Kontinente

schwammen auf diesem glutflüssigen Untergrund in alle Richtungen. Also das, wovon wir durch unsere Forscher schon wissen. Doch was wir nicht wissen ist, dass sich in dieser heißen flüssigen Masse noch Überreste aus verschiedenartigsten Forschungen gehalten hatten. Durch die Reaktionen, die sie allein gelassen untereinander eingingen, kam eine Kettenreaktion in Gang. Verschiedene Stoffe reagierten auf molekularer Ebene miteinander,verbanden sich zu immer größeren Strukturen und daraus entstand schließlich die Urzelle unserer heutigen Existenz.

Jetzt folgt der Teil, den *unsere* Wissenschaftler als Entwicklung des Lebens und der Menschheit erforscht haben. Dieser Weg verlief nach meiner Theorie dem der Altvorderen sehr ähnlich, auch wenn wie gesagt niemand etwas über ihr Aussehen weiß.

Und jetzt kommt der Knackpunkt der Sache. Auch wir sind an einem Punkt, an dem wir mit unserer Existenz spielen. Wieder produzieren wir Gase, die unsere Atmosphäre verändern. Die Luft wird sozusagen langsam dick. Doch wir können nicht in einer groß angelegten Rettungsaktion den Planeten verlassen, den wir selber verdorben haben. Wir müssen bleiben bis zum bitteren Ende. Oder endlich lernen ihn zu schonen und zu pflegen. Denn was nach uns kommt wissen wir nicht. An eine Spirale mit unendlichen Wiederholungen mag ich nicht denken.

Leben mit moderner Technik   -1-

Sie hat überall in unserem Leben Einzug gehalten, die
moderne Technik. Wie ein Nieselregen, der in den Kragen
läuft, kriecht sie in alle Lebensbereiche. Die Jugend mag das
ja toll finden. Ich finde es in manchen Punkten praktisch.
Andere wiederum können gar nichts damit anfangen. Na gut,
es mag auch nicht jeder Spinat, Rockmusik oder flüssige
Seife. Das ist halt so. Wie ich auf dieses Thema komme?
Ganz einfach, ich habe gerade wieder eine
Freundschaftsanfrage auf Facebook erhalten. Gratulation, es
ist die eintausendste Anfrage! Doch kann man überhaupt so
viele Freunde haben, frage ich mich insgeheim. Na gut,
durch das Netz lernt man viele verschiedene Leute kennen,
aus allen Ecken der Welt. Ist ja auch interessant. Doch
Freunde? Was sind eigentlich echte Freunde? Das sind
Menschen aus deiner engsten Umgebung. Menschen, denen
du vertrauen kannst. Menschen, die auch dann noch zu dir
stehen, wenn es dir dreckig geht. Solche Menschen lernst du
im weiten Rund der Netzwerke nicht kennen. Einer hat mir
mal gesagt, wahre Freunde hat man im Leben nur zwei oder
maximal drei. Ich glaube, da hat er nicht ganz Unrecht.
Die andere Seite der Medaille ist, bei diesen fremden
Freunden kannst du Dinge sagen oder tun, die sich im
echten Freundeskreis einfach verbieten. Sind diese Leute
verschnupft und ziehen sich zurück, so tut es dir nicht
wirklich weh. Andererseits kann man so natürlich auch ganz
schön anecken. Was wiederum mitunter unangenehme
Kreise zieht. Ist also gar nicht so einfach, sich im Netz richtig

zu verhalten. Ich merke schon, spätestens an dieser Stelle beißt sich die Katze selber in den Schwanz.

Früher, als ich noch keine Erfahrungen mit Internet, Facebook und so weiter hatte, habe ich mir auch schon einmal Gedanken über dieses Thema gemacht. Damals habe ich es in Gedichtform verfasst und im Fanzine unseres SF-Clubs „Phönix" veröffentlicht. Und es ist heute noch ebenso aktuell wie damals in den neunzigern:

Freunde

Suche nicht in der Ferne
nicht in den Weiten des Alls.
Denn sie weilen unter uns.
Oft unerkannt,

Suche nach ihnen
Sieh den Menschen ins Herz.
Achte auf ihre Taten.
Nur so findest du sie.

Sieh nicht auf die Farbe ihrer Haut
und nicht auf Äußerlichkeiten.
Blicke den Menschen in die Augen.
So gewinnst du Erkenntnis.

Blicke auch in dein eigenes Herz
Sei nicht nur bereit zu nehmen.
Gib auch du.
Dann gewinnst du wahre Freunde.

Leben mit moderner Technik – 2 -

Also, da wurde schon vor langer Zeit die Elektrizität gefunden. Erst in der Natur bei einem Fisch namens Zitteraal. Dann begannen Menschen sich damit zu beschäftigen, von den alten Griechen über Benjamin Franklin bis hin zu Nikola Tesla und Heinrich Hertz. Jeder machte sie ein wenig besser für den Menschen nutzbar. Heute ist sie aus unserem Leben und unseren Haushalten nicht mehr weg zu denken. Ohne sie gäbe es keine elektrischen Bügeleisen, Herde, Kühlschränke und besonders das Licht in unseren Lampen.

Womit wir beim Thema des Tages wären. In unseren modernen Wohnungen hängen nicht einfach nur Glühbirnen. Es soll ja nicht nur der Nutzen, sondern auch eine gewisse Schönheit damit erzielt werden. Von der Nachttischlampe über den Kronleuchter bis zu modernen Energiesparlampen, überall Strom, überall Technik. Auch ich habe zu Beleuchtungszwecken eine moderne Art des Kronleuchters mit Energiesparlampen (!) in meinem Wohnzimmer. Der ließ sich auch prima an und aus schalten. Bis zu jenem Tag als es einfach nur „blubb" machte und die gesamte Wohnung in Dunkelheit versank. Zuerst erschrak ich. Dann fiel mir glücklicherweise ein, dass ich ja Sicherungsautomaten habe. Ich eilte mit der Taschenlampe zum Sicherungskasten, fand eine Sicherung herausgesprungen und erweckte sie mit einem Druck auf das Knöpfchen wieder zum Leben. Überall wurde es wieder hell. Bis auf meine Wohnzimmerlampe. Hier hatte eine der vier Leuchtmittel, im Volksmund auch Birnen genannt, den Geist aufgegeben und die Finsternis ausgelöst. Sah nicht weiter schlimm aus. Ich hatte nur eine Birne auszuwechseln und schon konnte der gesamte Leuchter wieder erstrahlen. So dachte ich es bei mir. Aber ich stand hier unten auf dem Teppich. Und die Lampe hing hoch oben an der Decke. Selbst wenn ich mich ganz lang ausstreckte und auf die Zehenspitzen stellte, war die Lampe nicht zu erreichen. Ein Hilfsmittel namens **Leiter** wurde benötigt. Die kleine mit den drei Stufen erwies sich als immer noch zu kurz. Aber ich hatte ja noch eine Zweite ! Die hatte fünf Stufen. Jetzt reichte ich besser heran. Nur stand mir dummerweise der Tisch im Weg! Genau an der Stelle, wo die Birne defekt war. Wie blöd! Der Tisch war schwer und ließ sich nur ein winziges Stück schieben. Kurze Begutachtung der Lage. Es musste reichen! Die neue Birne hatte ich inzwischen herausgesucht und bereitgelegt. Doch zuerst: entfernen des defekten Exemplars. Ich also hoch auf die Leiter, Arm ausgestreckt, nach der Birne gegriffen. Dazu musste ich mich trotz Leiter ganz schön strecken, der Tisch störte noch immer. Ich reichte gerade so an den defekten Kandidaten heran. Erreichte ihn und... es kam was kommen musste, ich riss die gesamte Lampe aus der Halterung! Jetzt baumelte sie, nur noch durch das Stromkabel an der Decke gehalten lose herum. Das hatte ich nun von meinem Selbstversuch. Die defekte Birne war heraus, die Lampe aber auch. Nach dem ich ausführlich mit meinem Ego geschimpft hatte, überlegte ich, wie der Schaden zu beheben sei. Ich brauchte fachliche Hilfe. Gut, wenn man Freunde hat, die dazu in der Lage sind. Besonders, wenn sie auch noch ein Telefon haben. Aufgeregt wie ich war, rief ich an, schilderte den Schaden und bat um Hilfe. Diese wurde mir auch zugesichert. So setzte ich mich eben so lange vor den

Fernseher und wartete. Aber nichts passierte, keiner kam. Den ganzen lieben langen Tag, keine technische Freundeshilfe. Leicht angesäuert ging ich abends zu Bett. *Zwei Tage hing die Lampe in ihrer misslichen Lage. Ich traute mich nicht sie zu benutzen. Dann traf ich zufällig eben jene Freundin, die ich zu Hilfe gerufen hatte und sprach sie wegen dem Problem an. Ihre Augen wurden immer größer. „Ist deine Lampe wirklich kaputt?" brachte sie dann heraus.* Ich schleppte sie kurzerhand mit in die Wohnung und wies auf das praktische Beispiel meiner Handwerkskunst. Abwechselnd wurde ihr Kopf rot und blass. „Weißt du, weshalb wir nicht zu Hilfe gekommen sind?", fragte sie mich. Ich hatte keinen blassen Schimmer. Mit dem Finger stupste sie auf den Kalender. „Du hast genau am **1.April** angerufen! Da haben wir deinen Anruf für einen Aprilscherz gehalten.", antwortete sie etwas verlegen. Verflixt, an so etwas hatte ich in meiner ganzen Aufregung überhaupt nicht gedacht! Nun war mir klar, weshalb keine Hilfe gekommen war. Sie wollten sich nicht veräppeln lassen. Noch am gleichen Tag kam aber der Mann meiner Freundin und reparierte endlich die Lampe.

Osterwetter

Es sitzt ein kleiner Osterhase
fluchend in dem nassen Grase
alle Farben sind verdorben
wie soll er da für Freude sorgen?

Er fragte doch den Wetterfrosch
und schenkte ihm drei Eier noch.
So hoffte er ihn zu verführen,
nur schönes Wetter einzurühren.

Die Eier nahm der Frosch, der Schelm
sagt „quak" und steckt sie untern Helm.
Dann hüpfte er ganz schnell davon
und holt sich seinen Regenschirm.

Sommertag

Das Wetter hat mich aus dem Zimmer gelockt. Also bin ich mit dem Auto zum See gefahren. Er heißt Dreiweibernsee und liegt nur knapp 10 km von meiner Wohnung entfernt. Nun fragt mich bitte keiner, warum ich dann nicht das Fahrrad benutzt habe. Ganz einfach, ich habe keins. Wie auch immer, nun bin ich hier. Ich klemme mir die Decke unter den Arm und suche mir eine ruhige Stelle am Strand. Da noch keine Saison ist, ist diese schnell gefunden. Hier höre ich nichts von der nahen Straße. Nur die Vögel zwitschern, ein paar Bienen summen in den Blüten der Sträucher. Auf dem Rücken liegend beobachte ich die schnell dahinziehenden Wolken. Ich entdecke eine Gruppe Schildkröten, gefolgt von einem Drachen, dahinter kommt noch ein Dackel. Schmunzelnd beobachte ich meine Wolkentiere. Hier habe ich Ruhe zum Nachdenken. Ja, worüber eigentlich? Über eine Überraschung zu Mutters Geburtstag? Oder über meine seltsame Fernbeziehung? Tja, dann würde es vermutlich eine unendliche Geschichte werden. Immerhin kennen wir uns nun seit mehr als sechs Jahre. Jeder geht beim anderen ein und aus, gehört quasi zur Familie. Wir waren zusammen auf Ausflügen und im Urlaub. Auch über Dinge, die unsere Arbeit betreffen, unterhalten wir uns. Jeder kann dem Urteil des anderen trauen. Meine Mutter würde sagen *„Ihr seid wie Latsch und Bommel."* Trotzdem hat jeder sein eigenes Leben. Oder bin ich einfach zu sentimental? Nächstes Problem: Urlaubsplanung für dieses Jahr. Wohin? Wie lange? Was koche ich am Wochenende?

Das alles und vieles mehr, was mir hier in dieser Ruhe durch den Kopf geht, ist unausgegoren und führt nur zu weiteren Fragen. Am Besten ich mache einfach mal die Augen zu, lausche der Natur und denke an gar nichts.

Bei diesem *„an gar nichts denken"* muss ich wohl eingenickt sein. Als ich die Augen öffne, fegt ein kühler Windstoß über mich hinweg. Die Wolken haben sich verdichtet. Die Sonne ist dahinter nur noch als milchige Scheibe zu erkennen. Einige Wolkenzipfel beginnen eine dunkle Tönung anzunehmen. Das sieht nach Regen aus! Es ist wahrscheinlich das Beste, die Decke zusammen zu packen und heimwärts zu ziehen.

Nachtgedanken

Still senkt sich der Abend herab.
Die Kleider fallen
Zahnbürste und Wasserhahn rufen ein letztes Mal
dann falle auch ich
in mein Bett!

Die Augen sagen: SCHLAF!
Das Gehirn will ein Tagesresümee.
Na gut!
Was habe ich heute positives vollbracht?

Es geht um die kleinen Dinge.
Sie schaffen Glücksgefühle.
Glück wärmt die Seele.
Wie viel Wärme braucht der Mensch?

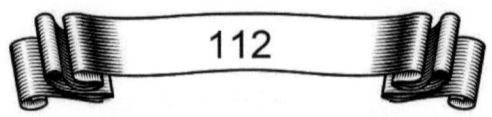

Meine bisherigen Bücher:

„Daumen drauf"   Regia – Verlag Cottbus
                        erschienen 2008
                        - Kurzgeschichten

„Virus Africanis"   Engelsdorfer Verlag Leipzig
                        erschienen 2011
                        (auch als e-book erhältlich)
                        - Reisetagebücher

Was Opa so alles weiß" Engelsdorfer Verlag Leipzig
                        erschienen 2011
                        - Kinderbuch

„Affenknacker für Wiederholungstäter" Engelsdorfer Verlag Leipzig
                        erschienen 2013
                        (auch als e-book erhältlich)
                        - Reiseerlebnisse

„Ein Affe am Frühstückstisch"   BoD – Verlag Norderstedt
                        erschienen 2014
                        (auch als e-book erhältlich)
                        - Geschichten und Anekdoten

weitere Informationen zu meinen Büchern finden Sie auf:
www.hoyafrika.de

Impressum

Bibliografische Information der Deutschen Nationalbibliothek:
Die Deutsche Nationalbibliothek verzeichnet diese
Publikation in der Deutschen Nationalbibliografie; detaillierte
bibliografische Daten sind im Internet über www.dnb.de
abrufbar.

© 2015 Iris Fritzsche

Texte: Iris Fritzsche

Buchcover: Simon Burkhardt

Textillustrationen: Iris Fritzsche; unter Verwendung von Material der
Webseite www.fotolia.com (Bilder von: Marjam
Paliuskevic,Volodymyr Leus, mhatzapa, Stephi,
Atlantis,blueringmedia,Ivan Kmit, Sester 1848, Cirodelia und Yael
Weiss)

Herstellung und Verlag:
BoD – Books on Demand, Norderstedt

ISBN   9783738643381

Ich danke allen, die mich bei der Erarbeitung und Gestaltung dieses Buches tatkräftig unterstützt haben. Ein besonderer Dank an Frau Monika Hähle, die mit Ausdauer und Geduld die Fehlerteufel bekämpft hat.